アダルト 上

二階堂ふみがきいた大人の話

はじめに

『アダルト』を手に取っていただき、ありがとうございます。

ヤッホー！　二階堂ふみです。

なんだかピンクっぽいというか、卑猥というか、ドキがムネムネ……な響きのタイトルになりましたが、とても素敵なアダルト本に仕上がったと思います。

まさかこんなにも、瑞々しい雰囲気をまとった表紙が来るとは誰も思っていなかったことでしょう。なんだか上手になれた気分！　ふぁっふぁっふぁっふぁ。

約二年半前、いつまでたっても公式マークが付かないTwitterでの呟きがすべての始まりでした。

『POPEYE』というと、ファッション誌の中でもずば抜けてお洒落で、男の子に思わず「こういう格好してよ～」と言ってしまいそうになるスタイリングがいっぱいで、だけども、ちょいとそこらの町（街）の特集や夢が詰まったお部屋の特集など、私にとってかなりスペシャルなファッション誌であり、カルチャー誌でありました。「シティボーイのための」と雑誌の方から読者を限定しつつも、幅広い層の男女が発売を待ちわびる『POPEYE』。

このイイ感じの雑誌でイイ感じの連載ができたら……！　といつしか願うようになり、大胆かつ図々しい行動をとりました。

「『ＰＯＰＥＹＥ』で連載がやりたいです」とＴｗｉｔｔｅｒにそのままの気持ちを打ち込んでみると、カメラマンの鈴木心さんが便乗！　『ＰＯＰＥＹＥ』でもおなじみのライターの門間雄介さんが便乗！　と力強く、そしてなんか『ＰＯＰＥＹＥ』っぽいお二人を味方につけることができました。その盛り上がりを、一か月もしない間に編集の米山正樹さんが拾ってくださり、あれまこれま、ページをいただけることが決まったのです（ラッキー二階堂とお呼びください。Call me lucky Nikaido!)。

連載が決まり、様々な構想が浮かびました。

好きな人たちに会いたい。お話をしたい。

その方々の特別な何かを垣間見たいし、垣間見せたい。

素敵な写真を掲載したい。

『ＰＯＰＥＹＥ』の読者の方々にとって箸休めのようなページにしたい。

ティーン最後に相応《ふさわ》しい連載にしたい。

そんな「やりたい！」を詰め込んで始まった「二階堂ふ

みのインタビュアー道。」。普段インタビューをされる側である事がほとんどの自分が、会いたい人、好きな人にインタビュアーとしてお話を聞くという、夢のような連載になりました。

そして回数を重ねるごとに、作り手として、役者として、ファンとして、女性として、人間として、その言葉の一つ一つを感じていました。

『POPEYE』が好き」「イイ感じの連載がしたい」という気持ちだけで動いた行動に、素敵な大人たちが賛同してくださり、始まった「インタビュアー道。」。

私がお会いできた方々は皆、輝かしいアダルトな部分を持っていながらも、真っすぐでかっこ良くて、唯一無二の魅力のある方々でした。

この『アダルト』は楽しい対談集であり、人生の教訓本であり、二階堂ふみの成長記録です。

最後までお楽しみいただけますように。謝謝！

二階堂ふみ

アダルト 上
二階堂ふみがきいた大人の話

もくじ

二階堂ふみ　FUMI NIKAIDO

女優。1994年9月21日、沖縄県出身。2009年公開の役所広司監督『ガマの油』で映画デビュー。12年『ヒミズ』でヴェネチア国際映画祭マルチェロ・マストロヤンニ賞（最優秀新人賞）、日本アカデミー賞新人俳優賞を受賞。他の出演作に、映画『悪の教典』（12年）、『脳男』『地獄でなぜ悪い』『四十九日のレシピ』（13年、第35回ヨコハマ映画祭 最優秀助演女優賞、第56回ブルーリボン賞 最優秀助演女優賞）、『私の男』（第38回日本アカデミー賞 優秀主演女優賞）『ほとりの朔子』（第24回 日本映画プロフェッショナル大賞 主演女優賞）『渇き。』『日々ロック』（14年）、『この国の空』（15年）、『蜜のあわれ』『オオカミ少女と黒王子』（16年公開予定）など。テレビドラマに『熱海の捜査官』（10年）、『Woman』（13年）、『問題のあるレストラン』（15年）、舞台に『八犬伝』『不道徳教室』（13年）、『不倫探偵』（15年）などがある。15年にはアパレルブランドとのコラボレーションコレクション「FUMI NIKAIDO〈Roots〉Candy Stripper」を発表した。フォトブックに『進級できるかな。』（講談社）、『月刊二階堂ふみ』（朝日出版社）がある。また、『小説新潮』では読書日記「二階堂ふみの只今　文筆修行中」を連載中。本書のもとになった「二階堂ふみのインタビュアー道。」は、『POPEYE』（マガジンハウス）にて14年2月より連載中。

二階堂ふみ
×
ハマ・オカモト（OKAMOTO'S）

お酒について

FUMI NIKAIDO × HAMA OKAMOTO (OKAMOTO'S)

ハマ・オカモト（はま・おかもと） 1991年、東京都生まれ。ロックバンドOKAMOTO'Sのベーシスト。2013年米国フェンダー社と日本人ベーシスト初となるエンドースメント契約を締結。BSスカパー!音楽番組の司会やラジオパーソナリティーとしても活躍している。ソロワークスでは星野源やももいろクローバーZ、RIPSLYMEなど数々のレコーディング・セッションに参加。15年、OKAMOTO'S渾身のロック・オペラアルバム『OPERA』をリリース。

二階堂　ハマさんはＯＫＡＭＯＴＯ'Ｓだけじゃなくていろんなところでベースをやってるから忙しそうですけど、最近は何をしてるんですか？　まずは大人の日常が知りたいなと思って。

ハマ　ああ、なるほど。基本的にバンドは休みなしで1年間制作していて、最近で言うとシングル、シングル、アルバムという流れでリリースを続けると、それだけで1年たっちゃうんだよね。

本当にあっという間です。ＯＫＡＭＯＴＯ'Ｓはデビューが19歳の時で――。

二階堂　今の私と同じですね。

ハマ　そうだね。まわりの友達はまだ大学2、3年生という状況の中、そのサイクルの波に飲み込まれていった感じ。もう慣れたけどね。

二階堂　まわりはまだ学生が多いのに、仕事では大人に交じってプロとして仕事をするわけじゃないですか。そのギャップってなかったんですか？

ハマ　すごくあったよ。途中まで大学に通っていたけど、同級生たちがみんな俺の中学生くらいの時のテンションでいるから、最初はバカにしたりして。でも、どっかうらやましいところもあるんだよね。よくも悪くもあんまり責任を感じて生きてないから。だから、「来世がんばろう！」っていう言葉を口ぐせにしてるんだけど。

二階堂　来世に期待ってことですか？

ハマ　そうそう。そう言って自分を慰めてたね（笑）。テニスサークルに入って、ぼろ酔いして、同級生の女の子に背中をさすられるとか、それは来世でがんばろうと思って。どこかでうらやましさもあるんだよね。今日楽しければいいじゃんっていう生き方は、逆にパワフルにも見えるから。俺は、明日のことが気になるから帰りますっていう性格だし、自分にはない部分に惹かれるじゃん、人間って。

二階堂　隣の畑はよく見えるっていうことですよね。今22歳で、まわりの友達が就職するようになって、ちょっと変わった面もあるんですか？　20代ももうすぐ3年目で、大人としての自覚がどんどん研ぎ澄まされていく頃なのかなって勝手に思ったりするんですけど。

ハマ　一番デカいのは、ふみちゃんもそうだけど、同じ年代の同じ目線で仕事をしてる人たちがまわりに増えてきたこと。デビューしてしばらくは、基本的にみんな先輩みたいな世界だったけど、仕事の場で同い年と話す楽しみをようやく感じられるようになってきた。

二階堂　仕事を通じて、尊敬できる同世代の人に出会うと衝撃的ですよね。

ハマ　そうそう。最初は会社の大人の人と話してると、共通言語だと思ってたものが通じなくてショックだったんだよね。でも、同世代のバンドマンとようやく知り合うようになって、当たり前に話が転がっていくのが嬉しくて。俺らメンバーがケンカしないのって、たぶんそういう話をできるのが4人しかいなかったからだと思うんだよね。ただ、俺らの視野が狭かっただけで、尊敬できる人もいっぱいいるんだなって、ここ2年でやっと思うようになった。

二階堂　同世代の人を尊敬するのって難しいですよね。もちろんいいと思う人はいるけど、私が同世代の役者さんで尊敬できるのは、染谷将太くんと太賀くんくらい。そんな中、OKAMOTO'Sは初めて他のジャンルの人でそう思えたんです。しかも、全員中学から一緒だったなんてすごいなって。みんなでじゃなくても、飲みに行ったりはしますか？

ハマ　俺はけっこうするよ。

二階堂　大人〜！

ハマ　二十歳になる前に酒飲んだり、タバコ吸ったり、本当にしょうもないと思っていて、俺は二十歳になるまでは絶対そういうことしないって決めてたの。だから、二十歳で飲むようになったんだけど、楽しいね（笑）。もともとお酒を嫌ってたというより、大人のくせに羽目をはずしてしまう人が嫌いで。

二階堂　私も嫌いです。

爆笑しながらの撮影中、ふと真顔に戻ったふたりが決めたこのポーズ。特に意味はなし！

その後ラジオで共演し、羽目をはずしたトークをくり広げるとは、まだ考えもしていなかった二人

ハマ　特に、好きな人や尊敬する人なのに、酔うと酒癖がね……みたいな人も正直いて、そういう姿を見せられると考えちゃうというか。

二階堂　飲んで羽目をはずしてる人を見ると、死ねばいいのにって思います。

ハマ　俺は一応オブラートに包んでたんだけど、言ってもらってありがとうございます（笑）。

二階堂　すみません、子供なんで。

ハマ　ははは！　そこ、あえて出してったのね。でも、そのとおりだと思う。うちのドラムが真顔で、満員電車の中でゲロ吐いても罰せられないのに、なんでウンコしたらつかまるんだって話していて。

二階堂　あはは！

ハマ　それで駅員さんが〝魔法の粉〟みたいなのかけて始末するでしょう？　でも、痴漢くらいの罪だと思うんだ。そういうお酒に対するこの国のゆるさが、10代の頃からずっと嫌で。でも、結論としては、ちゃんとしてる人は飲んでもちゃんとしてる。自分も気をつけようと思って飲んでいるから、べろべろになったことはほぼない。

二階堂　すごい！　じゃあ、今は本当に楽しいんですね。

ハマ　たぶんふみちゃんも楽しく行ける派だと思う。例えば、焼酎でも麦とか芋とか、いろいろあるじゃない？

二階堂　「二階堂」とか？

ハマ　そう、そうだよ（笑）。あとビールでも辛口とか。

二階堂　辛口とかあるんですか！　ちょっと興奮してきちゃった（笑）。

ハマ　もともと炭酸が苦手で、ビールなんて意味わからないと思ってたけど、ある瞬間からうまいと感じるようになったんだよね。

二階堂　じゃあ、ライブ終わりの汗かいた後にグビリみたいな？

ハマ　うん、今は本当にうまいと思う。そういうことは当然10代の頃にはなかったから、大人だなって感じられる特別な瞬間なんだろうね。そういう出会いが絶対あるよ。ちなみに大人ってどんなイメージがあるの？

二階堂　舘ひろしさんです。

ハマ　ははは！　いやー、あの人を子供だと思ってる人、誰もいないからね。それはもう完全に大人だよ。俺は10代の頃、「焼き肉なのにご飯を頼まない人」と「回転寿司をめちゃくちゃ食べない人」が大人だなと思ってたけど、いまだに焼き肉で子供サイズのご飯を頼んじゃうから。そこが悩みなんだよね。

二階堂　私は逆です。焼き肉ではご飯頼まないです。

ハマ　大人だよ！

二階堂　でも、コーラを頼みます。

ハマ　コーラはいいよ。大人も飲むし、大人が作ったものだから。何でもそうか。ただ、寿司も3、4貫でいいっすみたいな、あのスタンスには絶対なれない。だから、まだまだなと思うけどね。

二階堂　それも大人の悩みですね。私、誕生日が9月なので、早く一緒に飲めるようになるといいですね。

ハマ　煽《あお》るわけじゃないけど、楽しいと思うよ。それで、どこまで飲んだらヤバいかというのを一回検証したほうがいい。俺は日本酒を飲みすぎて80年代のヒット曲を歌い続けるっていう酔い方をしたことがあるけど、それ以降二度と日本酒は飲まないって誓ったから。

二階堂　お酒は奥深いですね。じゃあ、ちょっと9月に。

ハマ　ね！　行きましょう。

二階堂　ボトル入れてくれますか？

ハマ　うん、「二階堂」を入れて、「二階堂様」っていう札を付けてあげるよ。

インタビューを終えて……　同じ世代の中でも特に大人なハマさん。でも、しっかりした大人な部分の中に、まだピンとした鋭いものが残っていて、そこが素敵だなと思いました。私もその鋭さはなくしていきたくないな。「二階堂」のボトル、よろしくお願いします！（2014年2月）

ハマ・オカモト

拝啓　ハマ・オカモト様

連載第一回という緊張感ある空気の中で、爆笑したあの日を懐かしく感じるこの頃です。今ではコンビ感のある我々（!?）ですが、連載最初の私の言葉は「ハマさん」で始まっていました。やっぱり、すこし、初々しいですね。

お酒に呑まれる大人をだらしないと思っていた私でしたが、今では「誰しもが通る道なんだなぁ」と、酔っぱらいにも優しい気持ちを持てるようになりました。「大人」という枠に対し、今は許容範囲が広くなったような気がしています。それもまた一つ、大人の階段上る～なのでしょうか。どうなんでしょう？

大人の仲間入りをしながらも、ハマ君とは時たまバッサリパンチの効いた会話をし続けたいです。

今年の四月から始まったレギュラーラジオ『Rock with You』にて会う回数はグンと増えましたが、ハマ君にボトルをキープして頂く約束は果たせぬままです！　近々「二階堂アダルト記念」として、小洒落たバーなどでお酒をご一緒してください。もちろんエイトでも、大歓迎です。

敬具

二階堂ふみ×エリイ（Chim↑Pom）

大学時代について

FUMI NIKAIDO × ELLIE (Chim↑Pom)

エリイ（えりい） 2005年に東京で結成した6人組アーティスト集団Chim↑Pom（チン↑ポム）のミューズ。強い社会的メッセージを持つ作品を次々と発表。東京をベースに海外でもさまざまなプロジェクトを展開。美術専門誌監修や展覧会キュレーションなども行う。主な著作に写真集『エリイはいつも気持ち悪い』『芸術実行犯』（朝日出版社）、『SUPER RAT』（パルコ出版）、『なぜ広島の空をピカッとさせてはいけないのか』（阿部謙一との共編著）など。
http://www.chimpom.jp

二階堂　私、初めて見たＣｈ↑ｉｍ↑Ｐｏｍの作品が、渋谷駅にある岡本太郎の「明日の神話」に原発事故の絵をつけ足したやつだったんです。

エリイ　「明日の神話」につけ足したやつ？　ニュースで見た？

二階堂　渋谷駅で見ました。

エリイ　そうなの？　なかなかいないんだよね、生で見た人。５月１日の夜９時11分頃につけ足して、気付いた人がツイッターとかで書き始めたのが夜11時くらい。でも、次の日の夜９時頃にはもう警察の人が来て撤収していったの。

二階堂　じゃあ見れたのってわりと奇跡だったんですね。ちょうど『ヒミズ』（２０１２）の撮影中で、現場でもその話題で持ち切りだったんです。あの騒動を見て、不都合なものを日本が無理やり隠ぺいしようとしてるようで、すごく嫌だなって。私が震災や原発問題に向き合うようになったのって、ああいう出来事があったからなんですね。

エリイ　震災の後、クラブも閉まってたり、アーティストも様子をうかがってたり、自主規制してリアクションしない状況があったんだよね。でも、早いリアクションがすごく大事だなと。Ｃｈ↑ｉｍ↑Ｐｏｍは普段から社会へのレスポンスとして作品作りをしてきたから、すぐに行動できたんだと思う。

二階堂　私はまだ考えが整理できてない時期だったけど、ああいう作品は必要だなってすごく思いました。その後、園子温さんを通じてお会いしたんですよね。私はマルキューの洋服が大好きで、エリイさんもよく買い物に行くっていうから、『地獄でなぜ悪い』（2013）の衣装を一緒に見に行きませんかって。

エリイ　でも、前の仕事が終わんなくて、うっかり一緒に行けなくてね（笑）。

二階堂　私、この春から大学に行くんですよ。だから、エリイさんがどんな思いで大学時代を過ごしてたのか聞きたいなと思って。

エリイ　私は武蔵野美術大学の視覚伝達デザイン学科だったんだけど、朝は苦手だし、当時昼ドラにハマってたから、それが終わった後に大学へ行ってたの。すると必修の授業には間に合わないんだけど、全然単位を取るとかじゃない夕方の授業をのぞいたら、そこでやってた社会学や文化人類学の授業がすごく面白かったんだよね。今、地球で何が起こってるのかがわかって。ふみちゃんは沖縄出身だからずっと一人暮らしでしょう？　すごくない？　朝起きれるの？

二階堂　朝は電話でお母さんに起こしてもらってました。エリイさんは一人暮らしでしたか？

エリイ　私は大学生になった時に始めたよ。地元が横浜だから、大学の近くに家賃4万円くらいの超ボロい「グランドールコスモ」っていうアパートを借りて。友達に越してきなよって声かけて、総勢11人で同じアパートに住んでた。

二階堂　それ、いいですね。青春ぽい！

エリイ　でも、隣のおっさんが郵便物とかパクるのね。それで「荷物取ったでしょ」って聞くと、反対に「ねえちゃん、これ持ってけ」って変な肉とかくれて。超腐ってるの。

二階堂　濃いですね。

エリイ　夜中にシンセサイザーの音が聞こえてくるんだけど、そのおっさんがベランダ乗り越えてきて「カラオケやるか？」って。やらないからみたいな（笑）。

二階堂　私が生まれた1994年頃って何してましたか？　覚えてますか？

エリイ　95年の地下鉄サリン事件がありましたね。毎日、テレビで「オウム、オウム」ってやってて超むかついて。阪神・淡路大震災の時は、小学校のクラスでいろいろ集めて被災地に送ったりした体験がある。

二階堂　私は小1の時に9・11（アメリカ同時多発テロ事件）の様子を見て、初めてニュースに関心を持ったんです。小学生の時にそうやって社会が揺れてるのを見ると、いろいろ影響を受けますよね。

エリイ　そうかもしれないね。担任の先生が水俣病や四日市ぜんそくのことを熱心に教えてて、そういう影響がかなり強いと思

猛スピードで人生を爆走する〝先輩〟エリイさんに「もう嫁なんですね……」と嘆息、そして抱きつく！

「結婚式はやるつもりないけど、結婚デモをやろうと思ってる」（エリイ）「超いいですね！」（二階堂）

エリイ

33　二階堂ふみ

う、今Ｃｈｉｍ↑Ｐｏｍで社会に対してリアクションしてるのって。あと社会や街の仕組みがすごく気になる小学生で、テレクラによく電話してたね。

二階堂　えーーー。

エリイ　それで毎日毎日、知らないおっさんたちの話を聞き続けたの。もちろん直接会うことはしないんだけど、呼び出して、こっそりランドセル背負いながら、友達と「あの人っぽい」とか言いながら見てたりして。だんだんバレてきて「君、いい加減にしなさい！」みたいな。

二階堂　すごいですね、それを小学生でって。

エリイ　中学生の時は「スーパー高校生」っていうのが流行ってて──。

二階堂　何ですか、スーパー高校生って。

エリイ　とにかく世界を仕切ってるのは高校生なの。高校生がエルメスのスーツにグッチのバッグを持って、財布も靴もグッチみたいな時代。で、クラブパーティをやって、パーティ券でもうけてっていう。私が中学生の時は、渋谷のセンター街にたくさんたまってた。高校生になった後はほとんど地元で遊んでたかな。

二階堂　その頃のエリイさんはどんなことを考えてましたか？

エリイ　高校1年生くらいから美大に行きたいなと思ってて、高2で現代美術に出合ったの。横浜トリエンナーレっていうアートのデカい祭典があって、その時にカルチャーショックを受けたんだよね。絵を描いたりオブジェを作ったりすることじゃなくて、コンセプトを形にすることがアートなんだって。それで好奇心旺盛だったから、美術館やギャラリーを片っ端から見てまわってた。

二階堂　大人になった今と当時とで変わったことってありますか？

エリイ　10代の時っていろんなものに興味があって、あれ欲しいとかあれしたいとか思うでしょ？　それを25歳くらいまでの間にしたの、自分なりに気になることをやってみないと気が済まなくて。すると、またその後から始められるっていうのかな。

二階堂　経験したいっていう段階があって、それを経験したらまたそこから何かが生み出せるっていうことですか？

エリイ　そう。経験してみて、実は大したことなかったなと思ったり、逆に思いもよらず超最高だったりするじゃない？　それで、自分に何が向いてるかがわかったっていうかね。大学生の時にやっていたことも、自分に何が向いてるかを知る作業だったと思うんだ。私は緻密な事務作業がまったく向いてなかったし、そういうことを無理やり伸ばそうとするんじゃなくて、わくわくすることとかすらすらできちゃうこととか、そういう自分に向いてることを伸ばすのが大切だなって。

二階堂　ああ、なるほど。ちなみに結婚願望はあるんですか？　私は結婚して、絶対に子供も欲しいと思ってるんですけど。

エリイ　あ、実はこの間結婚したんだよね。

二階堂　えええ！！！　おめでとうございます！

エリイ　ありがとう！　でも、サクッとしてしまったばかりに、いろんなことがあまりわからない。生活も別に変わらないしね。

二階堂　決め手は何だったんですか？

エリイ　プロポーズしてもらって、私はけっこう押しに弱いタイプなんで、そこまで言ってもらえるならって。

二階堂　超いいですね！

エリイ　でも、結婚して思ったけど、考え込まずにパッとしてもいいのかもね。ダメかどうかは神のみぞ知るっていうか。二十歳で結婚して24歳で離婚してもいい気がする。してみたいと思うことは、何でも早くしちゃうほうがいいと思うな。

インタビューを終えて……　エリイさんは第六感を前提に行動している素敵な人。普通、何でも慣れてくると頭で考えがちになるんですよね。でも、エリイさんみたいにもっと第六感を信じていいのかなって。しかも、いつの間にか結婚までされてて！　最高の大人だと思いました。（２０１４年３月）

エリイ

拝啓　エリイ様

「結婚したんだ！」と、お話の終盤にとびっきりのサプライズを投下したエリイさんは、どこまでも突き抜けていて疾風を感じるばかりでした。そのエネルギーはどこから湧いてくるのだろう？でもこの言葉で聞くまでもなく、エリイさんと同じ空間にいるだけで感じていました。

アーティスティックで、感受性をフル活動させていて、アンテナを至る所に立てていて、目に見えぬ空気を色あせる前に物体化する早さは、気鋭の芸術家の核となっているように見えます。

青春を感じた「グランドールコスモ」、隣の「おっさん」との逸話は最高です。

大学進学を目前に控え、怠慢な何かを感じてしまっていましたが、考え込まずにやってしまう事も一つの方法だと学びました。

今と常に向き合うエリイさんは最高に可愛くて知的で嘘の無い「アートな大人」だと思います！

ご一緒できなかったSHIBUYA109でのお買い物、ぜひ遂行させてください。

敬具

二階堂ふみ×博多大吉

芸能界について

FUMI NIKAIDO×DAIKICHI HAKATA

博多大吉（はかた・だいきち）1971年、福岡県出身。お笑い芸人。大学の落語研究会で知り合った博多華丸とコンビを組み、90年に福岡吉本第一期生としてデビュー。九州で人気を博す。2005年、東京進出。独自の視点と切れ味あるトークでブレイクした。著書に『年齢学序説』（幻冬舎よしもと文庫）がある。14年よりウェブサイト「cakes」で「疑心暗鬼」を連載。

二階堂　この連載を始める前に、お話を聞きたい人のリストを作って、真っ先に名前を入れさせていただいてたんです。

大吉　あ、そうですか？　ありがとうございます。

二階堂　最近のテレビは漫才をする番組が減ってきて、芸人さんの需要が、漫才のできる人から漫才をしなくても面白い人に移ってきてる気がするんです。それでもいまだに漫才を作り続けてる大吉さんって、いったいどんな気持ちなんだろうなとか、いろいろお話が聞きたくて。

大吉　どうもありがとうございます、漫才界を心配していただいて。

二階堂　ずっとネタを書き続けてるのは、やっぱり披露するために書いてるのか、それとも自分たちの立ち位置を確認するために書いてるのか。

大吉　大前提として僕らは吉本の芸人なので、劇場がたくさんあるんですよ。お客さまの前で漫才をする機会が、他の事務所の方より圧倒的に多いのが理由の一つだと思うんですけど……ごめんなさい、『お笑いポポロ』の取材ですっけ？

二階堂　あはは！　すみません、真面目な話で。

大吉　もともと相方の華丸も僕も漫才師になりたくてこの世界に入ったので、究極の目標を言うと漫才だけで食べていきたいんですよ。あと吉本は歴史のある事務所なので、上は国会議員から下は前科者まで——。

二階堂　あははは！

大吉　いろいろな人がいて、上下関係が厳しいんです。でも、いくら後輩といえど面白くないと慕ってくれない。だから漫才を作ってるのかもしれません。

二階堂　私はこの4月から大学生活が始まるんですけど、大吉さんは大学で華丸さんと出会ったんですよね。

大吉　落語研究会で華丸と出会って、1年生の終わり頃に吉本のオーディションを受けたんです。2年生の頭にはもう吉本に入ってましたね。華丸も大吉も会社に付けられた名前なんですけど、それまでサロンとコマンド（華丸は福福亭サロン、大吉は福福亭コマンドを名乗ていた）だったからすごく違和感があって、結局いまだに華丸とも大吉とも呼べないです。

二階堂　もともとお笑いは好きだったんですか？

大吉　僕が入った福岡大学はマンモス校で学生が2万人いたんです。だから、サークルの新人勧誘もすごいんですね。大みそか間際の上野くらいごった返して。それで、僕は高校まで田舎にいたのでポカンとして歩いてたら、応援団につかまって、あっと言う間に仮入部の手続きをさせられたんです。さすがに応援団はダメだなと思った時、その横にブースを出していたのが落研だったんですね。

二階堂　へえー、そこで華丸さんと。

大吉　でもすごい体育会系で、1年は3年の弟子になって、あみだくじで決められた一度も尊敬したことのない人を師匠と呼ばなきゃいけない。ご飯を食べに行っても、ずっと横で正座してたりとか、俺は何やってるんだろうって（笑）。それで華丸と、こんな真似事をしてるくらいなら本当にやってみようって言って、福岡の吉本に入ったんです。

二階堂　私が生まれた1994年頃は、もうバリバリ働いてた頃ですよね。

大吉　福岡でちょっとしたアイドル人気が出て、その人気が徐々に冷めかけていく頃です。

二階堂　福岡ではずっとテレビ番組のMCをされていて。

大吉　僕らデビュー1年後にはレギュラーを2本持っていて、そこから23年間一度もレギュラーが途切れたことないんです。多い時は朝も昼も夜も出るみたいな。その頃が一番忙しかったかもしれません。ただ、次第に後輩が増えてきて、吉本では先輩が飲み代を全部払うというルールがあるので、収入と支出のバランスがおかしくなってきて。すごく借金をしてました。

二階堂　忙しいからといってお金が残っていたわけじゃないんですね。でも、借金って大人な話ですよね。

大吉　そうですね、当時の大人の話です。福岡吉本は先輩がいな

「すいません、夢のない話ばかりで」と恐縮気味の大吉さん。いえいえ、面白かったです！（二階堂）

ちなみに数日後にご一緒した『タモリ倶楽部』は「ダムマニア最前線！大放流！世界のダム紙幣」の回でした

かった分、言葉は悪いですけど、大阪や東京でやらかした人たちが送り込まれてくるんですね。

二階堂　ああ、なるほど。

大吉　それで今ならコンプライアンス的にダメなことばっかり教わったんです。あらためて考えれば財産ですけど、テレビの向こうではダウンタウンさんとかが華やかに活躍していて、いざ現実は福岡の大衆演芸場でアルコール依存症とノイローゼの先輩方の世話をしていて（笑）。

二階堂　あははは！　その後、東京へ出てきたのはいつだったんですか？

大吉　15年福岡でやって35歳の時です。

二階堂　私、中学生の時が暗黒時代だったんですね。まわりのみんなが着てるようなファッションよりフリフリのロリータなお洋服が好きで、なかなか馴染める友達が少なくて。だから、『アメトーーク！』の「中学の時イケてないグループに属していた芸人」を見て、すごく勇気をもらいました。

大吉　「イケてない芸人」の後、進学雑誌とかの取材が殺到して、「今の若者にメッセージを」みたいなことを聞かれたんですけど、別に自覚はないんですよね。イケてなかったつもりは本当にないんです。ただ焼却炉でものを焼いてたら「焼却炉の魔術師」って呼ばれたとか、たまたま付いたあだ名が「捕虜」だったとか、それだけで。

二階堂　高校の時も同じですか？

大吉　そうです。1日の小遣いが50円だったりとか。でも、50円じゃ何も買えないじゃないですか。そうしたら友達が「博多駅に100円でハンバーガーが買えるクレイジーバーガーっていう店があるらしいばい」と言うので——。

二階堂　クレイジーバーガー（笑）！

大吉　お金貯めて買いに行きました。

二階堂　あと「プロレス芸人」の回も好きで、私、新日本プロレスのTシャツも持ってるんです。赤と黒の2色。

大吉　それはそれは。僕、新日本プロレスの関係者じゃないんでリアクションに困るんですけど。

二階堂　でも、あれを見てプロレスが好きになりました。今、推しメン的な人っているんですか？

大吉　新日で言えばオカダ・カズチカというチャンピオンが……『週刊プロレス』の取材でしたっけ、これ？

二階堂　あはは。でも、子供の頃からずっと好きなんですもんね。

大吉　そうです。高校を卒業する時、新日の社員になりたくて履歴書を送ったんです。でも、当時の雑誌に大卒でないと社員になれないと書いてあったので、大学へ行って。それから紆余曲折あって華丸さんと出会ったんですね。人生って面白いなと思いますけど。

二階堂　20代も30代も40代も、私にとっては未知なんですけど、大吉さんはそうやって大人になっていくのはどんな感じでしたか?

大吉　大人って、思ってたのとなんか違うんです。あれ、こんな感じだっけっていうような。年を取れば取るほど違和感がありますね。

二階堂　違和感ですか。

大吉　例えば、結婚生活も想像していたのと違ったし、〝芸能界〟も見当たらないですから。どこかで毎晩パーティやってるんですよね?　めっちゃ飛行機乗るんですけど、芸能人はCAの方から連絡先をもらえるって聞いてたんです。でも、いまだにもらえなくて。

二階堂　もらえた人っているんですか、まわりに?

大吉　くまだまさしはもらってるんです。だから、不愉快きわまりないんですよ。これが違和感なんですけどね（笑）。最後は僕の単なるグチにしか聞こえない話でしたけど、大丈夫でしたか?

インタビューを終えて……　連絡先がもらえてないってことですけど、私は大人の魅力を感じました。ジャケットをカジュアルに着こなしたりとか、キメすぎてないファッションもまたカッコいいなって。本当はモテるでしょうね。今度、『タモリ倶楽部』の収録でもご一緒するみたいで、あらためてよろしくお願いします!（2014年4月）

博多大吉

49　二階堂ふみ

拝啓　博多大吉様

あの時はとにかく緊張をしていました。

大吉さんの福岡でのルーツからテレビで拝見させていただいているお話まで、私は聞きたい事がありすぎて、いっぱいいっぱいになっていました。

もし、またインタビュアーとして大吉さんにお会いできたらと何度も思ってしまいます。でもまた緊張してしまって、ただただ大吉さんの格好良さを拝むだけになってしまいそうです……。

「お笑い芸人」さんと言うと「笑わせる」「芸の人」と漢字そのままの職業だと思うのですが、まさに大吉さんは「お笑い芸人」さんで、インタビュー中にもプロのエッセンスが沢山ちりばめられていて、その面白さはどこまでも目の当たりにしていたい気持ちでありました。

輝かしい世界にいながらもしっかりと見据えた、硬派な大吉さんのお姿に、十代の私は安心感と素敵な大人に対するトキメキを感じておりました。

まだまだお聞きしたい事は沢山あります！

これからもそのストイックなお姿を、テレビで、劇場で、拝見させて頂きます。

敬具

二階堂ふみ × 水原希子

仕事について

FUMI NIKAIDO × KIKO MIZUHARA

水原希子（みずはら・きこ） 1990年、アメリカ・テキサス州生まれ。雑誌・広告などのモデルとして活躍し、2010年に映画『ノルウェイの森』で女優デビュー。他の出演作に映画『ヘルタースケルター』『プラチナデータ』『進撃の巨人 ATTACK ON TITAN』、NHK大河ドラマ『八重の桜』、フジTV系列『失恋ショコラティエ』『心がポキッとね』など。自身のインスタグラム（@i_am_kiko）も注目を集めている。

二階堂　『失恋ショコラティエ』（フジテレビ、２０１４）は初めての月9だったんですよね。どうでしたか？

水原　ここだけの話、私はほとんどドラマを観たことがなくて、最初は戸惑いもあったんだ。でも、経験の幅を広げたかったし、何よりずっとやってみたかったセクシャルな役柄だったのね。

二階堂　そうなんですね。

水原　うん。それで実際にやってみたら、勉強になることがいっぱいあって。前は常にアートな作品の一部として存在していたいと思っていて、『ノルウェイの森』（２０１０）の後もずっとそういう作品に出続けたいと思ってたんだけど、だんだん視野が広がってきたんだよね。もっといろんなものを好きになろうと思って。

二階堂　そうやって視野が広がり始めたのは、何かきっかけがあったんですか？

水原　結局、自分がブレてなかったら、どんなことに挑戦しても大丈夫なのかなって。10代の頃は、あまりポップなことをするとダサく見られちゃうんじゃないかってずっと思ってた。でも、『ノルウェイの森』の後、いろんな人と会うようになってから変わったんだよね。しかも、自分に影響力がないと、クールなことばかりやっていても次に繋がらないことに気付いて。ポップになったほうが影響力を持てると思ったの。

二階堂　影響力を持てば、自分の考えるカッコよさをもっと伝えられるっていうことですよね。

水原　そうそう。

二階堂　プロの考え方ですね。希子ちゃんの10代って、振り返ってみてどうでしたか？

水原　けっこうハチャメチャかも（笑）。遊ぶのが好きだからすごく遊んでたし、頑張ろうっていう気持ちが空回りして、ハチャメチャになることもあって。

二階堂　へぇー。小さい頃からモデルの仕事をしてたんですよね。

水原　13歳くらいで『Seventeen』のモデルを始めて、3年間やった後、1年間バイトして。

二階堂　そうなんですか？

水原　その時の経験は今すごく生きてると思うな。どうやって人と接したらいいのかとか、どうすれば人に嫌な思いをさせずに済むかとか、そういうことを学んで。その後、16歳の頃に『ViVi』の仕事が決まって、『ノルウェイの森』も決まって、本当にいろんな人に支えられて10代は生きてた気がする。「希子ちゃん、こうしたほうがいいんだよ」って注意してくれる人もいて、その時はうるさいと思ってたけど、今振り返ると恵まれてたんだなって。

二階堂　客観視できるようになったんですね。

水原　私は性格も派手だし、クラブへ行って踊ったりするのも大好きだから、そういう場所でいまだに「あちゃ！」っていう失敗はあるけど（笑）。

二階堂　あはは。

水原　でも、まさか自分がこんなふうになるとは思ってなかった。出たいと思ってた広告にも出られて、撮ってもらいたいと思ってたフォトグラファーにも撮ってもらって、やりたいと思っていたことがどんどん叶ってるから。

二階堂　怖くなったりすることはありますか？　私は最近ちょっといいことがありすぎて、誰かに地獄へ落とされるんじゃないかって心配していて（笑）。

水原　わかる、わかる！　怖くなることばっかり。今のこの幸せが全部なくなる日が来るんじゃないかってすごく思う。前までは、ダメになったら全部やめちゃえばいいんだって思ってたけど、今はそうもいかなくなってきたから。

二階堂　ビジネスですしね。私も怖いです。だから質素でいたいけど、欲しいものは欲しいし。

水原　難しいよね。ただ、尊敬してる人たちは、みんな大人になってもそこで葛藤してる。結局、そういう人たちは自分を突き詰めてるから、常に向上できるのかなって。私もそうなりたいけどね。

二階堂　いい心がけですね。希子ちゃんは理想の大人って誰かいますか？

「こんなに可愛い子とケンカできないよ～」と言いながら、しっかりリクエストに応えてくれた希子ちゃん。いい笑顔！

頭をナデナデされてとっても幸せ。以前からプライベートでも仲良しだった希子&ふみ！

水原　アラーキー（荒木経惟）さんかな、大人すぎるけど（笑）。実は荒木さんに背中を押されたことがあってね。ある時、いわゆる芸能っぽい仕事をやらなくちゃいけなくて、すごくもがいてたことがあったんだけど、荒木さんが「これからは芸能半分、芸術半分でやればいいんだよ」って言ってくれて。軽く言われたんだけど、それがすごく響いてね。その頃はまだ芸術だけやりたいと思ってたけど、それからどっちもやりたいと思うようになって。

二階堂　私はどっちもやったほうがカッコいいと思うんです。希子ちゃんの最近のお仕事を見ると、月9をやったり『V·i V·i』の表紙をやったり、DIESELの広告（2013年秋冬）もやってカッコいいなって。

水原　ありがとう！　がんばる。

二階堂　私、希子ちゃんが『ノルウェイの森』でヴェネチア国際映画祭へ行った次の年に、『ヒミズ』（2012）でヴェネチアへ行ったんですけど、『ノルウェイの森』の撮影はどうでしたか？

水原　あの時は、やることなすこと全部監督（トラン・アン・ユン）に否定されて、平気で40回、50回撮り直すし、毎日本当に苦しかった。でも、後で監督に聞いたら「最初でOKだったんだ」って。私の将来を考えてやってくれてたって聞いて、「何それ!?」と思ったけど（笑）、それから役者の仕事に対してすごく臆病なのね。

二階堂　でも、自信がある人よりいいと思います。「私を見て！」

っていう芝居をされたら、視界から排除しちゃいますから（笑）。ただ、希子ちゃんのパブリックイメージと、実際の希子ちゃんって違いますよね。臆病だっていうのも意外だし。私は自分のやることに対して責任を持てるのが大人だと思うけど、希子ちゃんはそれを心がけてる人なのかなって。

水原　他人は責任を取ってくれないし、他人のせいにもできない仕事だからね。どうしても全部自分の責任になる。だから、やってはみたものの間違えちゃったなってこともあるし、その分、成長のスピードが速いかなって思うけど。

二階堂　これからやってみたいことって何ですか？

水原　ちょっとずつ女優の仕事が増えてきたけど、「ああ恥ずかしい！」「もうバカ！」みたいなことに毎回なってるから、いずれ人に認められるようになりたいなってことだけかも、今は。

二階堂　素敵！

水原　ふみちゃんみたいに天性もあって努力もしてる人はすごいなって思う。

二階堂　……恥ずかしいですね、褒められると思ってなかったから（笑）。あの、大人になってライフスタイルの変化とかありますか？

水原　全部自分を基準に考えられるようになったかな。前は周りに合わせたり、引っ張られたりしていて、遊んでても帰りたい時に帰れなかった。最近は自分がどれだけ楽にいられれて、周りにも不快感を与えずにいられるかってところで生きてるかもしれない。だからかな、20代になったら遊ぶのがもっと楽しくなった。イエイ！　って感じで。

二階堂　私は基本的にマイペースだから、いつでも帰りたくなったら帰っちゃうんですけどね（笑）。二十歳《はたち》になったら私も遊びに連れていってください。

水原　うん、いいよ。

二階堂　クラブに。

水原　クラブに？　ふみちゃんは連れていけないと思うな。

二階堂　何でですか？

水原　私のこと嫌いになっちゃうから。

二階堂　えー、ならないですよ（笑）。

水原　絶対なっちゃう。私、やっぱりハチャメチャなところがあるから……。ふみちゃんに嫌われて、もう帰りますって言われたらどうしよう（笑）。そう考えると、すごく怖い！

インタビューを終えて……　希子ちゃんとは二人でご飯に行ったりすることもあるけど、実はお仕事で会ったのは初めて。今日は真面目な話も聞けました。マナーを踏まえた、ちゃんとした大人ですよね。２月号でハマ（・オカモト）くんには「二階堂」をボトルで入れてもらう約束をしたけど、希子ちゃんには絶対クラブに連れていってもらいます！（２０１４年５月）

水原希子

61　二階堂ふみ

拝啓　水原希子様

大人になってから希子ちゃんとはまだあまり遊べていません。

希子ちゃんのお話を聞いていると、かわいいもの、かっこいいもの、おもしろいもの、わくわくするものを沢山知っていて、大人の仲間入りをしたら早く一緒に色々な所に行きたいと思っていました。

幅広いパブリックイメージを持ちつつ、大衆的なものと本質的なものの狭間に立つ希子ちゃんの姿を様々な所で目にする度に、希子ちゃんの自己プロデュース力の凄さを感じます。でも、少しの幸せで不安を感じてしまったり、今の自分への嫌悪感など、良い意味で慎重な部分を垣間見る事ができて、大人という存在に人間としての親近感を持ちました。

クラブもお酒もまだご一緒できていないし、買い物だって、旅行だって！

希子ちゃんと色々なものを共有してみたいです。

敬具

二階堂ふみ×椎名林檎

音楽について

FUMI NIKAIDO×RINGO SHEENA

椎名林檎（しいな・りんご） 1978年、福岡県出身。音楽家（作詞作編曲及び実演）。98年デビュー。アルバム『無罪モラトリアム』『勝訴ストリップ』がミリオンセラーを記録。2004～12年は東京事変の活動も並行。映画『さくらん』、TVドラマ『カーネーション』『○○妻』などの主題歌を手掛けるなど多角的に活躍。SMAP、石川さゆりをはじめとするアーティストへの楽曲提供・プロデュースも行い、14年にセルフカバーアルバム『逆輸入～港湾局～』をリリース。同年5年半ぶりにオリジナルアルバム『日出処』をリリースし、アリーナツアー「林檎博'14 ―年女の逆襲―」を開催。15年は『至上の人生』、『長く短い祭／神様、仏様』を発表。第31回 日本アカデミー賞・優秀音楽賞、平成二十年度芸術選奨文部科学大臣新人賞受賞。

二階堂　今日は林檎先生にまたお会いできるということで、いろいろ考えてきたんですけど……小学校高学年の頃からずっと大好きで、高校の時は林檎先生の曲を聴きながら電車で学校へ通っていて……なんか素敵だとしか言えないです。

椎名　もうお恥ずかしい。そんなことを言ってくださって(笑)。

二階堂　女の子の曲なのに女々しくなくて、だからといって活を入れられるわけでもなく、聴いていると安心するんです。それにワクワクする。

椎名　いや、もうそんな。

二階堂　林檎先生の曲には、宝箱のようにいろんな言葉が入っていて、いつも不思議な気持ちになるんです。こんな曲をどうやって書き続けてるんだろうって。女性にはたくさん変化の時期があると思うんですけど、やっぱりそういう局面を経て曲作りは変わってきましたか?

椎名　大きく音楽と言葉に分けてしまうと、音楽は作曲し始めた中高生の頃からあまり変わってない気がするんです。でも、歌詞は変化してきましたよね。言葉は実際に体を通って、人生の中で濾過してからでないと出てこないんだろうなって、後になって思うことはあります。

二階堂　林檎先生の曲は10代のもやもやを代弁してくれているような気がして、私はそこにときめいてきたんです。私だけでなく、たぶん曲を聴くと自分のことのように思う女の子はたくさんいて。

椎名　嬉しいですよね。殿方が読む『POPEYE』でお話しして申し訳ないですけど、「男になんかわかってたまるか」という気持ちはあるんです。西加奈子先生の作品の中で、「それはどうしてなの？」と聞いた娘に、お母さんが「だって女同士やろ」って一言で済ませる場面があって、すごく印象的だったんですね。そうだよなと。殿方はよく、女同士は噛み合ってるんだか噛み合ってないんだかわからないことを、ぺちゃくちゃ喋ってるって文句を言うじゃないですか？　そんなの「うるせえ」って話で。

二階堂　あははは。

椎名　女同士だとディテールはともかく、スピリットで感じ取れたりしますよね。私の役割は、世の中に足りない、女性による女性のためのポップスをきちっと作ることだなって、そこだけは自覚してるんです。ふみちゃんなんて感度がお強いから、女同士にしかわからない意地や哲学を、芝居を通じて自然に出していらっしゃる。清々しくてかっちょいいです。

二階堂　いえ、いいんです、私の話は（笑）。林檎先生はデビュー15周年を経て、ずっとものづくりを続けてこられてますけど、そのモチベーションは何ですか？

椎名　燃料みたいなもの？

二階堂　はい。私はお肉やお洋服です。

椎名　かわいい（笑）！　私も同じなのかな。美味しいものとか、体に入れたものが大事だって、本能的に知ってるのは女性のほうでしょう？　勘のいい、ふみちゃんみたいな謙虚な女性だけかもしれないですけど、そこから来るエネルギーは侮れませんよね。

二階堂　びっくりしました。林檎先生は私の中では非日常的な人なので、もっと違うアンテナが立ってるのかと思ってましたけど。

椎名　全然。私も同じです。もちろん文化は全部栄養になりますけど、生活していたら親が年をとってきたとか、子供ができたとか。そういう営みのほうがより直接栄養に——足枷《あしかせ》かもわからないけど、影響してきますよね。

二階堂　そうなんですか。音楽性は最初からあまり変わらないっていう話ですけど、その変わらなさは自分で維持してきたものなんですか、それとも自分そのものがずっと変わらなかったからなんですか？　というのは、音楽家にしても役者にしても、「あぁ、変わっちゃった……」って、わりと変化をネガティブに受け取られることが多い気がするんです。この1年、よくそういうことを考えていて。

椎名　こちらの商売で言うと、残念ながら音楽の泉は小さい頃に用意されていて、そこで吸収するしかない。その後、どんなに技術を学べたとしても、音楽を聴いてビッグバンが起きてしまうよ

２度目のご対面となったこの日は、女同士の白熱した恋愛話も。でも絶対文字にできません！

高校生の時、ギターを始めて最初に練習した曲が東京事変「群青日和」。林檎先生、大好き！

椎名林檎

 二階堂ふみ

うな感受性はそれ以上には育めない。ふみちゃんもそういうセンスみたいなものが、既に完成されている方じゃないですか。それは反対に捨てたくても捨てようがない財産であり、反対にこれから変えようと思っても難しいものなんだと思います。

二階堂　私の場合、たまにメジャーな仕事をすると、なんか変わっちゃって残念みたいなことを言われて、悲しくなることがあるんです。

椎名　そういう本質とかけ離れた表層的なことを言うのは、だいたい男でしょう？　殿方ってすぐ自分の浅はかな希望を押し付けてくるから。

二階堂　あはは！

椎名　相手も悪気はなくて、もちろん好意なんでしょうけど、そんなの鬱陶しいだけですよね。キモい！

二階堂　すごいなあ、林檎先生（笑）。セルフカバーアルバム『逆輸入　～港湾局～』（2014）を聴かせていただいて、とても素敵だったんですけど、他の人に提供する曲と自分で歌う曲では、どうモチベーションが変わりますか？

椎名　例えば、広末涼子ちゃんやともさかりえちゃんの曲（98年「プライベイト」、99年「カプチーノ」）は、彼女たちが大事な変化の年齢に差し掛かっていて、しかもその頃はPVを流す番組が充実していたから、彼女たちがどんな言葉をどんな声でどういう表情で発するのかとか、そういうことを考えて作りました。きっとスタイリングと一緒です。その人に似合うといいなって。でも、自分で歌う時はそういうことがわからなくなるから、たまに迷走してるって言われるんですけど（笑）。それより、いったいふみちゃんは今後いつ歌うんですか？　すごくいい声してらっしゃるから。

二階堂　私、ヘタなんで、ちょっと（笑）。

椎名　そんな、嘘。ヘタなんて。

二階堂　実はこの間、『日々ロック』（2014）という映画でライブシーンの撮影をしてきたんです。素顔はロック好きのアイドルが、ライブ会場に乱入して「雨あがりの夜空に」（RCサクセション1980）を歌うっていう。

椎名　私、ファンクラブの会員の方に、もしふみちゃんが歌いそうな気配を察知したら、全力でとめてくれって言ってたんですけどね（笑）。清志郎先生の曲ならしょうがないかな。そうそう、私がたまたま主題歌をお書きした『熱海の捜査官』（テレビ朝日系列、2010）で拝見してから、ふみちゃんは椎名家で大人気なんです。70過ぎの父も、ふみちゃんが演じた市長の娘がいいとか言って夢中になっちゃって。

二階堂　私も、林檎先生の曲が主題歌のドラマに出られるなんて思ってもみませんでした。あの時、15歳の私は暗黒のような時期だったから。林檎先生は暗黒時代を通ったことはありますか？

椎名　もうちょっと後でね。17歳が終わることがすごく怖くて、「17」という曲（2000年「罪と罰」に収録）も作りましたけど、あの時の焦燥感に勝るものはもう訪れていないかもしれません。

二階堂　じゃあ、10代が終わる区切りには何も感じなかったんですか？

椎名　いつの間にか二十歳になっていました。ふみちゃんは感じてますか？

二階堂　この間、光GENJIの曲を聴いていたら、10代はなんて素敵なんだろうと思って。

椎名　「ガラスの十代」？

二階堂　「ガラスの十代」と「パラダイス銀河」です。

椎名　よくご存じで（笑）！　確かに、目的に対してエネルギーが余ったり、逆もあったりして、思い出すと若い時の調整が利かない感じって苦しいですよね。でも、だんだん釣り合いが取れてくるんじゃないですか。どんどんよくなりますよ、ふみちゃんは。

二階堂　ありがとうございます。なんか相談所みたいでしたね、今日は（笑）。いっぱい大人の話が聞けました！

インタビューを終えて……　今回は本当にどきどきしました。誌面を通じて、どきどきが聞こえちゃうんじゃないかっていうくらい。でも、普段のインタビューでは聞けない話も聞けて贅沢でしたよね。二十歳になった後もよろしくお願いします、林檎先生！（2014年7月）

椎名林檎

 二階堂ふみ

拝啓　椎名林檎様

嗚呼、もうあの時間にしょっちゅう脳内巻き戻しをしてしまいます。とても幸福なひと時でした。

林檎さんの創るお歌は私を鼓舞する主題歌でもあり、重たい足取りを軽快なステップにさせる特効薬で、絶対的な存在でした。

そんなミューズにお会いする事ができて、しかも暗黒の十五歳の私を知っていてくださったなんて、この上ない幸せだったのです。感無量だったのです。

林檎さんと同じ空間で言葉を交わし、女同士の賛同を頂き、恋のお話までできて、振り返ると、林檎さんのパワーを光合成している私でした。モチベーションにしているものが日常にあって、生きている事を実感する林檎さんはいつまでも私の憧れです。象徴です。

後に訪れたキャンティでの夜を思い出しながら、私は今日も林檎さんの音を耳に持っていきます。

敬具

二階堂ふみ×楳図かずお

漫画について

FUMI NIKAIDO×KAZUO UMEZU

楳図かずお（うめず・かずお） 1936年、和歌山県生まれ。漫画家。18歳の時に『森の兄妹』でプロデビュー。66年に発表した『ねこ目の少女』『へび少女』等で恐怖マンガ家として知られる。75年、『漂流教室』ほか一連の作品で第20回小学館漫画賞受賞。『まことちゃん』『おろち』ほかヒット作を多数発表。音楽活動も定期的に行う。14年には自ら脚本・初監督を務めた映画『マザー』を公開した。

二階堂　（まことちゃんハウスを訪れて）あの……せっかくなのでおうちの中を拝見してもいいですか？

楳図　はい、どうぞ！

二階堂　（寝室から屋根裏まで隈なく歩き回って）わー！　すごい！　私も母も小さい頃から楳図先生の漫画が大好きなので、今日はなんかフワッとしてます（笑）。

楳図　そうですか？　親子2代でっていうのはありがたいですよね！

二階堂　特に大好きなのが『おろち』と『漂流教室』（ともに小学館）で、この間『漂流教室』を読み返したらやっぱりすごく面白かったんです。あれはパッと思い付いたストーリーなんですか？

楳図　『漂流教室』の時は、それまで子供が主人公の話を描いてきて、子供ばかり出てくる漫画の決定版を描きたかったんですね。そんな思いが強かった気がします。

二階堂　私は小学生の頃に初めて読んだんですけど、自分が子供を産んで母親になっても、子供に受け継いでいきたい漫画です。

楳図　でも、子供のほうに目線を移して描いてるので、嫌う大人も多いんですよ。大人があまりいい存在として描かれていないので。

二階堂　子供と大人が対峙してるところが面白いんですけどね。楳図先生は確か高校の時には漫画を描かれていて。

楳図　中学時代から描いていて、高校2年の時にはもう飽きちゃってました。こんなに頑張っても芽が出ないのならもうやめたって。それでピアノを弾いたり、コーラス部に入ったりしたんです。

二階堂　また描き始めたのはいつなんですか?

楳図　高3の修学旅行で東京へ行った時、いや、僕は車酔いが嫌で行かなかったんですけど、帰ってきた同級生の女の子が言うんです。「楳図くんの漫画が熱海の売店で売られてた」って。どうやら中学時代の同人サークルの会長が売り込んでくれて、東京のトモブック社から本が出てたらしいんですね（1955年、『森の兄妹』『別世界』刊行。ペンネームは山路一雄）。僕はちっとも知らなかったのでびっくりしましたけど。それがきっかけで、高校を卒業したらまた漫画の世界に戻ったんです。

二階堂　それから一気にここまで?

楳図　はい。いま思うと一度飽きてるので、ちゃんと回復するまでもっと怠けてたらよかったんですよね。でも、過酷な漫画の世界に来てしまい、その反動だと思いますけど、24歳くらいから肩こりと不眠症で毎日2時間しか寝られなくなってしまって。

二階堂　そうなんですね。その後、ずっと描いてらっしゃる中で、もう描きたくないという時期はありましたか?

楳図　気分でやめちゃったことはないですね。30歳の頃、週刊3

本、月刊3本の連載があって、さらに読み切りも入れた上に、『猫目小僧』（『少年画報』『少年キング』『少年サンデー』などに連載）を明日朝までにと言われたことがあったんです。死ぬかなと思いつつやっていたら、翌日の朝、起きると顔が黄色くなっていて。慌てて近所のお医者さんに行くと、肝臓がダメになる寸前だって言われたんですね。さすがにその時はやめましたけど。

二階堂　楳図先生の漫画を読むと、大人なのによく子供のことをこんなにリアルに描けるなと思うんです。例えば、昔好きだった本や映画を久しぶりに見る時、私は全然違う見え方がしたりするので、それって成長なのかなと。でも、怖いんです。そんな時、昔の自分のほうが面白かったんじゃないかって考えたりして。

楳図　確かに、大人になると社会に合わせるようになって、だいたい子供の自由さがなくなっていきますよね。でも、大人だって拾い食いしていいわけだし（笑）、子供の部分を大人になって出せる人もいる。難しいですよね。全員そうなっちゃうと、今度はピーポーってサイレン鳴らす車が迎えに来ちゃいますから。

二階堂　あはは。楳図先生はお酒って飲まれますか？

楳図　食事に合わせて、グラス1杯くらいだけ飲みます。イタリア料理の時はワインだし、中華なら紹興酒、和食の時は日本酒って。話は飛んじゃうけど、前に京都の日本旅館で母親と正月を過ごしたことがあるんです。それで晩ご飯に水炊きが出てきたんで

「こんなバカなのかと思った？」と聞く楳図先生に、二階堂「違います（笑）！」

心から敬愛する漫画界の巨匠、楳図先生とあの「まことちゃんハウス」にて。一張羅の和装でグワシ！

すけど、白菜を食べようと思って箸で挟んだら、下から髪の毛の束が出てきて。

二階堂　ええー！

棋図　10年くらいたってラジオを聞いてたら、醤油を髪の毛から作る方法があると言っていて、あれはそういうことだったんだと思いましたけど。

二階堂　この間、ニューヨークでアメリカの人にフレンチのお店へ連れていってもらったんです。そこでマッシュポテトみたいな食感の美味しいお肉を食べたら、「ウサギだよ」って言われて。小6の時、飼育委員でウサギを大事に育ててたから、「へえ～！」ってなったんですけど、そうやって生命をいただいて人間は生きてるんですよね。

棋図　でも、ショックですよね。僕は病気って食べ物の復讐だと思ってるんです。生きてる時に勝てなかった相手に対して、食べられて復讐するんだって。『14歳』(小学館)は、食べられるだけの存在であるニワトリに不満はないのかという発想から描いたんですね。でも、人は食べないと生きていけないし、じゃあどうやって復讐をかわすかと言ったら、1回食べたものは翌週まで食べない。1週間たてば食べ物も忘れるだろうって(笑)。

二階堂　棋図先生がおっしゃると説得力がありますね。

棋図　偏りなくいろいろ食べるので、栄養のバランスがいいんです。奈良から上京した最初の頃は忙しくて、食べるか寝るかどっちを取るかと言ったら寝るほうになっちゃって、食べても1日にご飯茶碗1杯。いまも量は食べないし、贅沢だってやりません。腹八分で美味しいものはちょこっとという食べ方です。

二階堂　それが健康法なんですね。

楳図　ありがたいことに病気とは無縁だったんですけど、去年は熱中症で倒れて、頭の手術もしたりして酷かったんですよ。45kgだった体重が40kgになって、本当に骨と皮になっちゃって。しかも、手術の2日後にはもう『マザー』（2014）の打ち合わせがあって、慣れない映画の世界のことで大変でした。

二階堂　今回、楳図先生は映画『マザー』を監督されましたけど、どうでしたか？

楳図　ばっちりだと思う。

二階堂　本当ですか！

楳図　うん、絶対ヒットすると思う。間違いないです。映画はお話が上手にできてないとダメだけど、今回は端から端までしっかりお話を作れたので。そんなことはめったにないんですよ。

二階堂　へえ、楽しみですね！　映画にも挑戦されたし、これからまたやってみたいと思うことはありますか？

楳図　今回の映画もいただいた話ですけど、自分ではどうにもならないことが多いし、あまり考えてないんです。ただ、自分にしかできない仕事をやってないと生きてる気はしませんよね。

二階堂　はい。

楳図　例えば、漫画を描く時はいつも客観視していて、頭の中でいろんなキャラクターの立場になりながら描いてるんです。でも、大丈夫な時は「オッケー」って声が自分の中から聞こえるんですね。今回の映画もそう言われたんです。いつもだいたいそう。周りから何を言われようと、もう自分自身からオッケーが出てるので、絶対の自信で進むんです。

二階堂　何をやるにもそういう気持ちが大事ですよね、きっと。実はずっとお見せしたかったものがあって、私ネイルがすごく好きなんですけど……（と言ってスマホに保存した写真を見せる）。

楳図　わー！

二階堂　『おろち』とか『まことちゃん』（小学館）とか、楳図先生の作品をモチーフにしてネイルをしたんです。

楳図　おろちなんてこんな難しいことをよく……これも芸術ですね。ありがとうございます。また機会があれば、ぜひやってみてください！

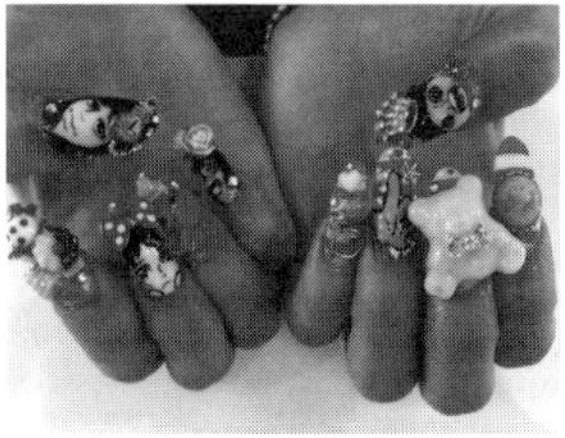

インタビューを終えて……　今回は楳図先生の空気をいっぱい浴びて、いいお話もうかがって、あらためて素敵な大人の先輩だと思いました。これからもファンでいさせてください！（２０１４年６月）

楳図かずお

二階堂ふみ

拝啓　棋図かずお様

まことちゃんハウスにお邪魔させて頂く夢が叶うという事で、一張羅のお着物に身を包みピンポンさせて頂きました。

何十年と描き続けてきた楳図先生にお会いできたあの瞬間は、一生忘れません。世間一般の「大人」に近づきつつあったあの時は、子供である自分だからこそ評価を頂けているのでは？　という不安が常に付きまとっていましたが、楳図先生が仰っていた「オッケー」の合図は未体験ながらも、少しの希望を体感しました。作り続ける事でその先に見える合図には、絶対的な説得力があるのですね。

「大人」でありつつも「子供」、「子供」を忘れていない「大人」、考えれば考えるほど常識や秩序では片付けられない何かが頭をくるくるしてしまい、でも、とにかく、やりたい事をやり続けたい、そう思う事ができたのです。

小学生の時に読んだ「漂流教室」も、二十一歳になって読む「漂流教室」も、私がその時に帰る事のできる作品です。

楳図先生の作品を身に感じる事ができる大人になっていきたいです。

敬具

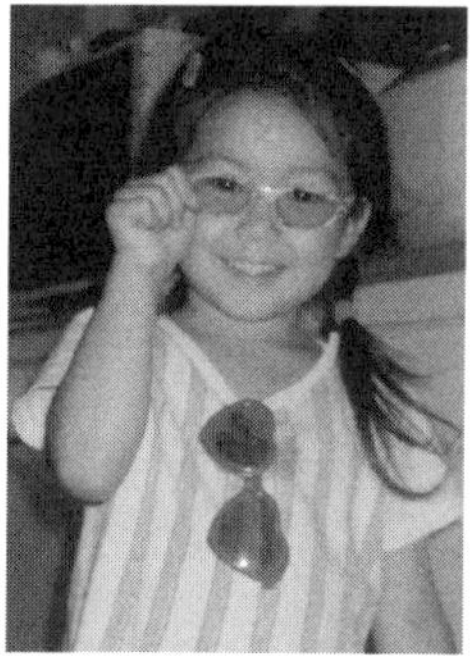

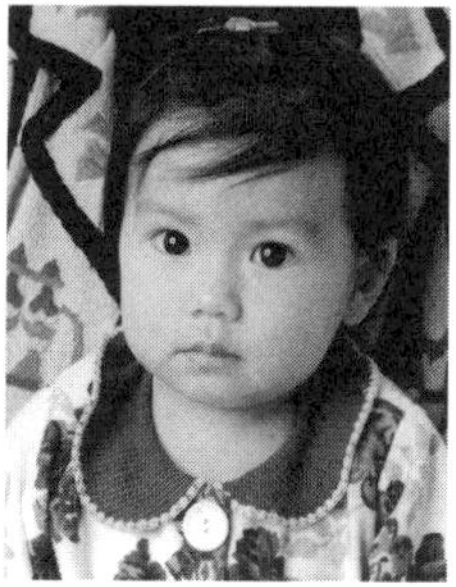

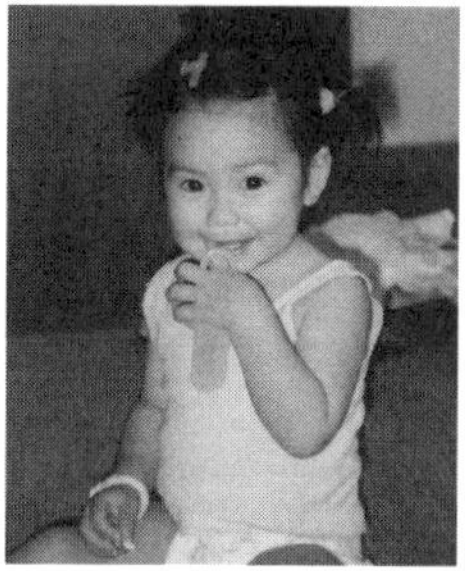

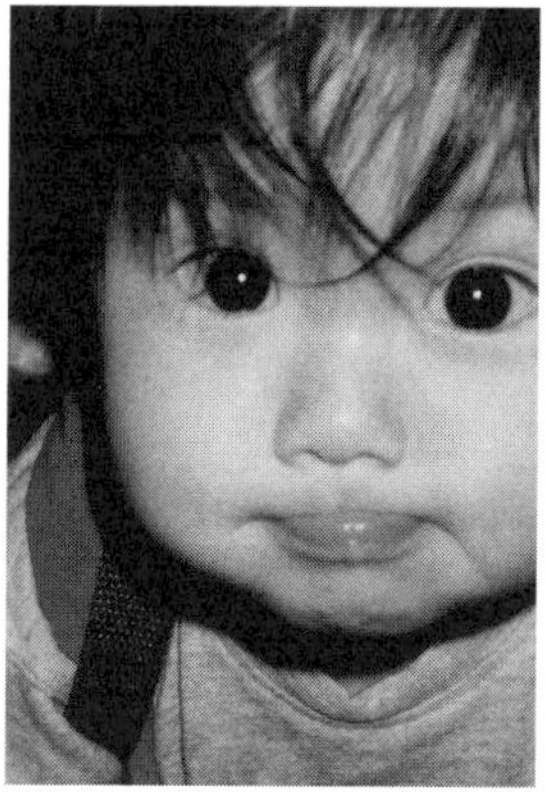

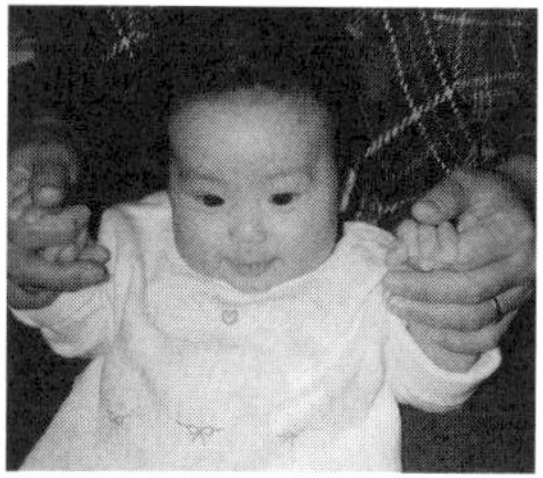

What's it like to become an "Adult"?

二階堂ふみ×江口寿史

美少女について

FUMI NIKAIDO × HISASHI EGUCHI

江口寿史（えぐち・ひさし）1956年、熊本県生まれ。漫画家、イラストレーター 。77年『週刊少年ジャンプ』にてギャグ漫画家としてデビュー。斬新なポップセンスと独特の絵柄で漫画界に大きな影響を与える。代表作『すすめ!! パイレーツ』『ストップ!! ひばりくん！』など。2015年には『江口寿史の正直日記』（河出文庫）を刊行。秋、画業38周年の全仕事を網羅する画集『KING OF POP』（玄光社）を発売。それにあわせキャリア初となる全国巡回の作品展「江口寿史展 KING OF POP」を北九州を皮切りに開催。

二階堂（数年前、人づてに会う約束をしながら、その後果たせず）本当にやっとお会いできました！　この連載でも最初から江口先生にお会いしたいと思っていたんです。ずっと江口先生の漫画が大好きで。

江口　でもさ、知りたかったんだけど、どうしてその年代で僕のことを知ってるの？　下手したら孫の世代なんで（笑）。

二階堂　実は、私を最初にスカウトした『沖縄美少女図鑑』（沖縄のフリーペーパー）の編集長・西原伸也さんが『ストップ!! ひばりくん！』（1981～83年、『週刊少年ジャンプ』で連載、2010年に「コンプリート・エディション」として刊行）のファンだったんです。それで読み始めたら、なんて面白い漫画なんだろうって。そこから私も好きになって、江口先生が描くような女の子になりたいと思っていたんですね。いろんなところでお話しされてると思いますけど、漫画を描き始めたきっかけは何だったんですか？

江口　2歳くらいの頃、テレビ放送が始まって、最初はテレビに夢中だったんです。でも、そのうち『鉄腕アトム』（63年、テレビ放送スタート）が始まって、衝撃を受けたんですね、「絵が動いてる！」って。そこからです、漫画を意識したのは。

二階堂　じゃあ、ずっと漫画が好きで、そのまま漫画家になったんですか？

江口　それが途中ね、ちょっと音楽に興味が行っちゃって。漫画に関しては、できるっていう自信が心の奥の方にあって、それ以上にいろんなことがやりたかったんです、若い時は。でも、いっぱい曲作ったけど、みんなダサくて、俺才能ねえなって（笑）。19歳くらいで気付いて、また漫画に戻ってきたんです。

二階堂　今の私と同じ年くらいの頃ですね。私は江口先生が描く女の子に憧れて、そこに近付きたいと思ってきたんですけど、江口先生はどうしてかわいい女の子を描くようになったんですか?

江口　僕は基本的にギャグ漫画家なので、常に王道を茶化すんです、横からね。当時は少年誌でラブコメが流行ってきた時期で、あだち充先生や柳沢きみお先生みたいなオリジネーターは尊敬してたんだけど、くだらないラブコメも蔓延してて嫌だった。だから、茶化そうと思ったんです。片方が男の子ですごくかわいかったら、ねじくれてて面白いじゃないですか。

二階堂　ふふふ。

江口　しかも、かわいく描けば描くほど面白くなる。だから、そこに全精力を懸けて向かっていったわけです。漫画界で一番かわいい女の子を描いてやるって。

二階堂　ギャグとしてかわいく描いてたなんて想像しませんでした。小学生の頃、『いち゛ご100%』（河下水希、02〜05年まで『週刊少年ジャンプ』に連載）が流行っていて、私の中では衝撃的だったんです。でも、男の子たちはきっとこれを読みたくて『週刊少年ジャンプ』を買ってるんだろうなって。『ひばりくん!』もそういう立ち位置で描いてると思ってたんですね。

江口　女の子をかわいく描くことは、僕が絵を描く時の目標でもあったんです。ちょうどそこと合致したんですよね。かわいく描きさえすればギャグとして成立するんだって。でも、キャラって一人歩きするので、描いてるうちに想像していなかったひばりくんの魅力が出てきて、僕の手を離れていった。それで、キツくなっていって、まだうまく終わらせられていないんですね。

二階堂　それをまたいつか違うかたちで描きたいとは思ってるんですか？

江口　思ってます。漫画家は「なる」より「続ける」ことのほうが難しいって、この年になってあらためて感じるくらいで、いまだに大変なことだと思ってる。でも、今ならまた違うかたちで『ひばりくん！』を描ける気がするんです。

二階堂　見たいですねえ。

江口　そういうほったらかしの漫画がわりといっぱいあるんで、きちんと終わらせていこうって考えてます。

二階堂　年齢とともに漫画の描き方や考え方は変化してきましたか？

江口　うん、最近ますます漫画が好きですね。イラストレーションの仕事が多くても、僕は自分を漫画家でないと思ったことは一度もなくて、描いてないけど（笑）。やっぱり漫画はあらためて

「撮影の時、ギャグ漫画家ならはっちゃけて！ってよく言われるけど困る（笑）」と江口先生。でもはっちゃけてもらいました

ついに初対面がかない、江口さんが最初に口にしたのはあの名文句「やっと会えたね……」

描きたいんです。だから、今年また描きます。

二階堂　えーっ‼　その気持ちはいつ芽生えたんですか？

江口　50歳過ぎてからです。若い時は漫画をやめて、絵を描いていこうって気持ちもあったけど、やっぱり違うんだよな、満足度が。漫画は一つの世界をごろっと生み出す感じがするし、作ることで社会とつながれるんですね。

二階堂　じゃあ、今年また違う江口作品が見られるってことですね。

江口　見られます。

二階堂　すごい！　漫画を描き始めた時は、それまでと違う新しいものを生み出したいっていう気持ちはありましたか？

江口　ありましたね。赤塚不二夫先生の漫画を見て、それからギャグ漫画がカッコいいと思うようになったんだけど、赤塚先生はそれまでの漫画にない興奮を次々に生み出していたんです。例えば『天才バカボン』だと、見開きでパパの顔だけとか。

二階堂　へぇー。

江口　だから、誰もやってない笑いをやりたいと思ったし、ギャグ漫画の世界は山上たつひこ先生とか、同じ年にデビューした鴨川つばめさんとか、その後も続々スターが登場して、その中で抜きんでたいという気持ちがあった。一方で、カッコいい絵を見るとそれにも嫉妬して、ギャグ漫画だけど絵はカッコいいっていうスタイルになっていったんですね。

二階堂　カッコいい絵のギャグ漫画って唯一無二ですよね。

江口　だから、自分でも自分の漫画が読みたいんです。いまだに自分が一番好きだから（笑）。

二階堂　江口先生はご結婚されてますけど、家族を持って何か変わったことはありますか？

江口　最近やっと思うようになりました、家族は大事だなって。二度と作れないものだなって思います。でも、結婚して10年や20年そこらじゃわからなかった。嫁さんとの関係も、もう男女の愛とは違う気がしていて、たぶん家族愛なのかな。やっと家族愛がわかりました（笑）。子供もかわいいですしね。

二階堂　いいですね、お子さんがかわいいっていうのは。

江口　娘が二人いるんだけど、一緒に飲みたいなって、そういう月並みなことを思うようになりましたよね。

二階堂　美少女を描く時に、娘さんがいらっしゃるっていうことは何か影響したりしますか？

江口　娘はあんま関係ないかな。美少女には無敵の瞬間があって、それに絵で対抗したい、その無敵さをとらえたいという気持ちがあるんです。たぶん負けてるけど、それでも迫りたい。昔からですね。

二階堂　私が通っていた高校は、セーラー服の下にキャミソールを着ない子が多くて、ブラジャーが透けてるんです。でも、それがかわいいんですよね。たぶん20代の人が同じことをしたら、ちょっと違って見えてしまう。やっぱり高校生の、スカートがすごく短くて、ルーズソックスで、ブラジャーが透けていて、肌がつやつやでっていう、あの時期がかわいいんですよね。

江口　うんうん、街を歩いていても、そのフォルムを目に焼き付けたいって思う瞬間があってね。美少女には何者も勝てない感じがあります。もちろん二階堂さんも無敵に見える。

二階堂　本当ですか⁉

江口　本人を前に言うのも何ですけどね（笑）。だから、今度あらためて描かせてねって。

二階堂　はい、お願いします！

インタビューを終えて……　私が追い続けてきた江口先生の美少女が、そんな思いから生まれているとは知りませんでした。しかも、イラストを描いてくれるって、目の前で言っていただけて。私のことを理解してくれる、素敵な大人の方がまた一人増えました！（2014年8月）

江口寿史

拝啓　江口寿史様

美少女の定義を作り出したのは、江口先生だと言っても過言ではありません！　私はそう思っていましたし、実際お話をお聞きして、更にその思いは強くなりました。

制服を着ていた中学生、高校生の六年間、私は江口先生の描く女の子になりたかったのです。男性のエゴイズムの固まりだけでない、誰が見たって可愛いと素直に思わせてしまう「江口先生的美少女」。二次元の彼女達にはとうてい敵うはずもないけれど、私はそうなりたかったです。

「ギャグ」と「美少女」の不思議な関係は、「茶化す」事から生まれていると知った江口先生へのインタビューは、なんだか腑に落ちたぞと、自分の中に新しい定義が生まれました。

「ひばりくん」に会いたいし、最後にも立ち会いたいのですが、そうなってしまうと少し寂しい気もしていまして、もう少しじらされていたいという気持ちもどこかにひっそりと隠れています……！

でもいつか読ませてください！　一ファンとしてのお願いです。

敬具

二階堂ふみ×染谷将太×太賀

同世代について

FUMI NIKAIDO×SHOTA SOMETANI×TAIGA

染谷将太（そめたに・しょうた） 1992年、東京都生まれ。9歳でデビュー。2011年『ヒミズ』で二階堂と共にヴェネチア国際映画祭マルチェロ・マストロヤンニ賞を受賞した。主な出演作に映画『寄生獣』『バケモノの子』など。
太賀（たいが） 1993年、東京都生まれ。2006年、デビュー。主な出演作に映画『バッテリー』『桐島、部活やめるってよ』『ほとりの朔子』『MONSTERZ モンスターズ』『あん』、TVドラマ『天地人』『15歳の志願兵』『江　～姫たちの戦国』『あまちゃん』『八重の桜』『恋仲』、舞台『シダの群れ　純情巡礼編』『八犬伝』『HISTORY BOYS/ヒストリーボーイズ』『結びの庭』など。

太賀　将太とふみちゃんは共演って久しくない？

染谷　ない。『悪の教典』（2012）が最後。

二階堂　その時はまだ二十歳になる前ですよね。今は染谷くんと太賀くんが撮影現場でタバコ吸ってるみたいな話を聞くと、自分だけ置いていかれた気がして。タバコを吸うようになって、現場の過ごし方は変わりましたか？

太賀　うん、変わった。

染谷　それまで話せなかった人と話すようになったから。

二階堂　私もそうですけど、二人とも小さい頃から仕事していて、染谷くんに至っては9歳から（西川美和監督『蛇イチゴ』に小学生役で出演）。

太賀　まだ天使だった頃ですよ。

染谷　気づくと、『相棒』（シーズン1、第5話「目撃者」）の再放送に天使だった頃の俺が出てるからね。

二階堂　今はもう天使じゃない？

染谷　……天使じゃないでしょう？（笑）

二階堂　10代だと、一緒に仕事してる人たちとお酒を飲む場に行くことすら制限されるじゃないですか。

太賀　二十歳になって先輩と飲みに行けるようになったのは楽しいよね。二十歳になって何か変わった？

染谷　責任が増えたと同時に、やれることも増えたかな。車を買うとか、家を借りるとか。

二階堂　大人になったなって実感することはあるんですか？

染谷　ないな。

太賀　そう、将太はないんだ？

二階堂　太賀くんはあるの？

太賀　ない（笑）。完全にない。覚悟みたいなものはデカくなったかもしれないけど、メンタル的には19歳も二十歳も変わりないよね。

染谷　俺らは大学に行ってたら4年生の年だけど、就活もないし、18歳で社会人になったから、ただ働かなきゃって。

二階堂　仕事以外にやってみたいことはありますか？

染谷　俺、いろいろやってるよ。

二階堂　何？

染谷　山に登ってみたり。

太賀　それ、『WOOD JOB!』（2014）の宣伝だろ！（笑）

染谷　いや、プランを立てるのが大好きなんだよ。キャンプに行ったりとか。

二階堂　いいですね。連れていってもらいましょう。

染谷　クルーズに行ったり。

二階堂　行きましょうか。

染谷　この間は海釣りに行ったけど。

二階堂　行くしかないっしょ。

太賀　全部甘えるっていうね（笑）。最近ラップ始めたって聞いたけど。

染谷　それは『TOKYO TRIBE』（2014）。

二階堂　あはは！　二人は私がどんな大人になると思いますか？

染谷　初めて会った頃と比べたら、もうだいぶ大人になってるけどね。

太賀　俺とふみちゃんは『ほとりの朔子』（2014）が最初で、将太とは熱帯魚……『熱海の熱帯魚』？

染谷　『熱海の捜査官』（テレビ朝日系列、2010年）！

太賀　そうか（笑）。ふみちゃんはカッコいい大人になりそうな気がするけどな。

二階堂　夏木マリさんみたいな？　カッコいい大人っていうと。

染谷　ほら、今は言葉を持って、きちんと表現できるようになったから変わったように見えるかもしれないけど、根本は変わらないんじゃない？

二階堂　うーん、自分では大人になるっていう想像がまったくつかないんですよね。仕事の現場ではほとんど年上の人たちじゃないですか。染谷くんも太賀くんも、私からすれば先輩だし。

染谷　ただ、最近やっと同世代のスタッフが出てきたよね。今後は年下の監督とも仕事するわけだろうし。

同じ高校に通った悪友（!?）同士の染谷＆太賀。「同世代で最も信頼できる俳優さんです」（二階堂）。仲良し３人組！

３人集まると笑いが止まらない。この時はまだ、誰が最初に結婚するか知るはずもなかった……

太賀　それ、ワクワクするね。同年代で一緒に作品を作れる仲間が増えていくのはすごく嬉しいよ。この仕事って年齢関係ないと思うけど、それでも年上の人に引っ張ってもらうだけじゃないっていうのはいいね。

二階堂　今回二人に来てもらったのも、こんな役者さんが同世代にいるなんてすごいと思ってるからなんですね。せっかくのこういう場なので、実は私に聞いてみたいこととかあります？

染谷　聞かなくても、全部顔に書いてある人だからね。

太賀　いや、あらためてなんか聞いたほうがいいんじゃない？

二階堂　聞いてー。

染谷　じゃあ、俺らの第一印象。

二階堂　染谷くんは、「あ、坊主だ」。

染谷　聞かなきゃよかった……。

二階堂　嘘ですよ、嘘！　二人とも衝撃的でした。実は太賀くんとは、『ほとりの朔子』の前に会ってるんですよ。中1の頃、ある作品のオーディションに行った時に、その2次選考で太賀くんと芝居をして。なんて雰囲気のいい人なんだろうと思ったんですね。染谷くんは『熱海の捜査官』の前から映画で見ていて、本当にうまいなって。二人ともビビビときた人たちでした。

太賀　嬉しいね、グスン。

二階堂　嘘つけー。

染谷　でも、太賀には面白話がたくさんあるんだよ。●●してる時に●●したりとかさ。

太賀　書けないから、それ。

二階堂　カードゲームの時、すぐ脱いじゃうんですよね。

太賀　あ、それだ！　俺、二十歳になってから脱がなくなったんだ。

二階堂　ううん、二十歳になった後だった、『八犬伝』（2013）の時。

太賀　……脱いでた!!

染谷　はははは！

二階堂　でも、なんで脱がなくなったんですか？

太賀　高校の友達と約束したの。すごく悲しいことがあった時、みんなが励ましてくれたから、「お前らの前以外では脱がない」って決めて。

染谷　何それ……。

二階堂　あはは！　これからも仲良くしていけたらなと思える二人です。この先、きっといろんなことが待ってるでしょうけどね。結婚したり、しなかったり。

太賀　誰が一番早く結婚するかな。結婚願望ある？

染谷　ある。

二階堂　ある。

太賀　年齢は？

染谷　年齢は考えてない。タイミングで。

二階堂　いつだっていい。暇だったら。ふいって結婚して、ふいって子供産む。

太賀　ふみちゃんの子供かー。

二階堂　いいパトロンがいますからね。

染谷　俺たちパトロン？（笑）

太賀　最後にさ、どんな大人になりたいか真剣に考えてみない？

二階堂　上の世代と比べて、私たちの世代はまともだなと思うんですよね。就職氷河期みたいな時期に生まれて、バブルも知らないし、震災を経験して。さらっと正論を言える世代じゃないですか？

太賀　真面目だなと思う時あるよね。ちゃんと向き合おうとしてる気がする。逃げる人もあんまりいないし。

二階堂　逃げられないですしね、どこにも。いい大人になりたいですね。

太賀　うん、「立派な大人になるんだ！」（『ヒミズ』の台詞より）。

染谷　やめてくれよ（笑）！

二階堂　間違った大人にはなりたくないな。もし、そうなりかけてたら止めてもらいたい、二人に。

太賀　そうだね、怒ってほしい。

染谷　うん。

二階堂　二人は私が二十歳になったら何をしてくれますか？

太賀　全裸で――。

染谷　やっぱり脱ぐんだ……。

二階堂　大丈夫なんで。ほんと大丈夫なんで！

インタビューを終えて……　二人にはちょくちょく会ってるけど、今日は普段聞けないことが聞けました。あらためていいお兄ちゃんであり、いい大人だなって。いつか3人で映画もやってみたいし、『ボクらの時代』にも出てみたいですね（笑）。近々、海にも行きたいです、私がお弁当作るんで！（２０１４年９月）

拝啓　染谷将太様　太賀様

役者の先輩であり、自慢の仲間であり、大好きなお兄ちゃんであるお二人には、私はいつも甘えてしまいます。

まだ染谷くんも太賀くんも十代だった頃に現場で出会ったため、大人になった二人に会う度に、私も早くそっちにいきたい！という気持ちと、でもまだよしよしされていたい！という気持ちで揺れていました。

三人でお話をする前からなんとなく気がついてしまっていたのですが、私は永遠に二人の後を追っていくのだと思います。大好きなお兄ちゃん二人に末っ子のような気持ちで付いていくのだと思います。たまに、巻かれたりしながら。

染谷のお兄ちゃんには全部見透かされてしまいます。

太賀のお兄ちゃんには全部話してしまいます。

唯一、甘えん坊になったり、馬鹿みたいに笑えたり、ぷんすかしたり、泣いたり、素直なおふみを見せてしまうこの関係が、ずっと続いていけばいいのにと、子供のような気持ちでいるのです。

敬具

二階堂ふみ×村上虹郎

将来について

FUMI NIKAIDO × NIJIRO MURAKAMI

村上虹郎（むらかみ・にじろう）1997年、東京都生まれ。カナダ留学から帰国中の2013年、オーディションを受け、『2つ目の窓』への出演を決意。俳優デビューを果たす。14年、『忘れないと誓ったぼくがいた』で主演。15年には、フジテレビスペシャルドラマ『あの日見た花の名前を僕達はまだ知らない。』でテレビドラマ初主演。

二階堂　虹郎くんはしっかりしてるとか、大人っぽいとかまわりに言われるタイプですよね。私もわりとそうだったけど。

村上　うちは父と母（俳優の村上淳とミュージシャンのUA）の我が強かったから、俺がつねに中立な立場で、何でもいったんストップをかけて冷静に見るようになったんです。それで大人っぽいとか言われるんですよね。

二階堂　二十歳という年齢にはどんなイメージがありますか？　わかりやすいところだと、タバコとかお酒とか――。

村上　俺もそう、お酒。

二階堂　私はあと少しだから、たぶん二十歳になってもあまり変わらないと思うけど、虹郎くんはどうなんだろう？　お仕事を始めて、大人たちの中に入るようになってから、何か変わったことはありますか？

村上　小さい頃からけっこう大人たちに交じってきたけど、それはつねに親と一緒だったんですね。でも、『2つ目の窓』（2014）で監督の河瀬（直美）さんに出会って、初めて一人で大きな決断をしたんです。この仕事がしたいって。たぶんその前の自分と今の自分とでは、芯は変わらないけど、いろいろ変わったんだと思う。河瀬さんに「何ごともまず表現してみなさい」って言われたから変わったんですね。

二階堂　その大きな決断をした時の心境はどうだったんですか？

雛鳥が巣立つような感じもあったかもしれないし、もちろん不安もあっただろうし。

村上 うん。不安だったたし、父以外はみんな反対だったたんです。でも、反対した人たちへの反抗心っていうのはなくて、いろんな人の意見を咀嚼して、考えた結果だと思ってる。最近気付いたのは、反対した母にもそれだけの愛があったんですよね。反対しなかった父にも愛があったわけだし、結局は親に守られてたんだなって。7月に公開した時、母が観に来て、「思ったよりよかったよ」ってメールくれたんですよ（笑）。

二階堂 いいですね。大きな決断をする時って、私の場合は失うことも多かったんです。何かを得る代わりに、何かを排除したり、捨てたりしなきゃいけなくて。そういうのはあったんですか？

村上 それまでは何をやっても中途半端だったんです。まわりの人たちの言うことをよく聞く半面、すぐ流されちゃうタイプだったので。でも、映画をやる時にそういう考えをすべて捨てたんです。今は失敗があるから次があるって、すごくポジティブに考えてます。

二階堂 河瀬さんもそうだったと思うけど、熱量の高い人たちを間近で見ると、触発されるところがありますよね。

村上 『2つ目の窓』を撮影している時は、「今後も俳優やるの?」って聞かれても、まだわからないって答えてたんです。とりあえず今を楽しみたかったから。でも、完成した映画を観たら、自分自身が最低だったんですよ。ってことは、これより絶対によくなるはずだし、今後も俳優をやりたいと思って。

二階堂　へえー。

村上　でも、一生俳優をやっていこうっていう気持ちは、まだ全然ないんです。小さい頃から、母はいろんな可能性をくれたんですね。東京で生まれて、神奈川に住んで、沖縄に移って、カナダに留学してっていうのもそうだし、音楽でもスポーツでも何でもやって夢中だったから。ただ、可能性がありすぎて、僕自身としては選べなくなってたんです。だから、今は目の前の役者という仕事に一回絞ろうって。最近は、続けることも大事だなって感じますけどね。

二階堂　そういう選択って、たいていは就活の時にするものだけど、17歳で決断できたのはすごく幸せなことですよね。表現の場は、虹郎くんにとても合ってるなと思うし。

村上　『2つ目の窓』は、僕が出ようと出まいと、父がキャストとして決まってたんです。思ったのは、母のライブには生まれた頃から毎日のように行ってたけど、父の映画の現場は知らないよなって。それで、とにかく現場を知りたいという好奇心があったんです。

お洒落な二人はハットがお似合い！ 前夜も遅くまでLINEでやりとりしていました

「同じ世代同士として率直に話ができる」という姉と弟のような二人。ハイ、ポーズ！

二階堂　私たちって同世代で、同じ時代を生きてきたわけじゃないですか。不況や3・11を経験してきて。そんな中、いろんなものを見失っていく大人が多いなと思うんです。前に取材で「〝失われた20年〟（バブル崩壊後）を生きてきてどうですか？」って聞かれたんだけど、私たちはその前を知らないから、何が失われたのかわからない。やっぱり今の時代を生きてるからこそ、感じるものって多いんですよね。そういうのありますか？

村上　あるある。3・11で初めて放射能っていう言葉を耳にして、そうしたら次の日に母が「家出るよ」って。そのまま3年くらい帰らなかったんですね。そんな母を傍で見ていて、絶対に正しいことをしてるんだなって。俺も一秒一秒、後悔したくないなって思いますよ。

二階堂　今日は真面目な話がたくさん聞けてよかった（笑）。『2つ目の窓』で招待されたカンヌ国際映画祭は初映画祭だったでしょう？　私もヴェネチアが初映画祭だったけど。

村上　ヴェネチア行ってみたいな。

二階堂　私もカンヌは憧れです。虹郎くんがインスタグラムにエイドリアン・ブロディの写真をアップしていて、それがすごく楽しそうだった。

村上　カッコよかったよ。

二階堂　いいなー。カンヌはどうでしたか？

村上　まわりは着飾った美男美女だらけで、こんなところに俺がいていいのかなと思ったけど、来たからには楽しまなきゃって。でも、公式上映が終わったら、次の日から街で声を掛けられるんです。「君の映画は俺のパルムドールだ」って。

二階堂　街全体が映画祭のムードになってるんですね。

村上　うん、なってる。ヴェネチアは島だっけ？

二階堂　そう、リド島。同じように街全体がお祭りみたいになっていて、ずっと踊ってました（笑）。虹郎くんは二十歳になったらしたいことってありますか？

村上　海外を旅しようかな。二十歳になったらクラブにも行けるでしょう？　モントリオールにいた時、みんなが仲良くなるのって、やっぱり夜の世界があるからこそなんだって思ったから。

二階堂　夜の世界かー。いいね。

村上　ヨーロッパもインドも、ネパールも行ってみたいし、アラスカにも行きたい。一緒に行こうよ！

二階堂　行きたいー!!　どこ行こうか？　いつでも行く（笑）。

村上　仕事も海外がいいとかじゃなくて、海外でもできたほうが絶対楽しいと思うので、視界には入れていたいです。

二階堂　虹郎くんはどんな二十歳になるのかな？

村上　自分自身はきっとあまり変わらないと思うけどな。変わるのはまわりなんだと思う。

二階堂　昔、すごく影響を受けた塾のおばさんがいて、その人が「後ろを振り返るわけでもなく、前を見るわけでもなく、今どこにいるのかを見るのが大事」って言っていたんですね。だから、まずは今を大事にしたいなと。いずれ虹郎くんとは映画でご一緒できたら嬉しいです。

村上　約束したもんね、一緒に映画祭に行こうって。俺にとっても夢です。

インタビューを終えて……　虹郎くんは輝くティーンエイジャーですよね。輝いてるしカッコいい。年齢が近い人で、そういう人に会ったのはたぶん初めてだと思います。応援していきたいって気持ちもあるし、一緒に仕事をしたいっていう気持ちもある。今後も虹郎くんを追いかけていきたいと思います。そしてついに!!　どうしよう？　二十歳になります。この1年でもたくさんの変化があったけど、ちゃんと大人になっていけてるんじゃないかな。いろんなことに対して優しくなれるようになったし、いろんな人がいて、いろんな考えがあることもわかってきた。これからも素敵な大人の方たちに出会いつつ、自分もそういう存在になれたらいいなと思います。（2014年9月）

村上虹郎

拝啓　村上虹郎様

衝撃的な出会いをしてしまったんですよ、虹郎くんとは。同じような空気と覚悟みたいなものを感じ取ったあの日の私は、年上とは思えないほどみっともない人見知りをしてしまっていて、でもすぐに魅了されてしまったのです。

なんなんだ！　こやつのパワーは！　下手したら飲み込まれてしまうぞ！　とハリケーンのような力を持つ虹郎くんは、この連載においての唯一の年下のゲストでした。三つしか変わらないけれど、外へ出ようとするその姿に今でも心の底が燃えるような感覚になるし、虹郎の「大人」になる瞬間みたいなものも、見続けていたいです。

虹郎はどんな大人になるんだろう。沢山エキサイティングな時を一緒に過ごしたいし、本気度の高い現場で「おはよう」って言いたい。

でもたまには、お姉さんのふりもさせてください。

敬具

二階堂ふみ×美保純

女優について

FUMI NIKAIDO × JUN MIHO

美保純（みほ・じゅん） 1960年、静岡県生まれ。81年に女優デビューし、82年『ピンクのカーテン』でブルーリボン新人賞獲得。映画『男はつらいよ』シリーズやドラマ『クライマーズ・ハイ』『あまちゃん』『天皇の料理番』に出演する他、バラエティでも活躍中。

二階堂　先日はどうもありがとうございました。たまたま同じお店に美保さんがいらしたので、吹越満さんの仲介でご挨拶して、その場でこの企画をオファーさせていただいたんですよね。今回は二十歳になって初めての回なので、他の方に聞けなかった大人のお話をいろいろ聞きたいと思ってるんです。

美保　答えられることは何でも答えるよ。今になって、あの時大人の人たちが言っていたことはこういうことだったのかって、やっとわかるようになってきたんだよね。若い頃はまったくわからなかった。若い時にデビューして大人に囲まれてると、大人に反発しない？　私、大嫌いだったから。

二階堂　私も嫌いだった時期はあります。その時期はいつ頃まであったんですか？

美保　30歳頃まで。それまで私は大人を刺すような目つきで見る少女だったの（笑）。向こうにも嫌われてたしね、言うこと聞かないって。泣かされてたよ。

二階堂　そうなんですか。目上の人の言うことを聞けるようになったきっかけはあったんですか？

美保　27歳くらいの時、『きらら浮世伝』（1988）という舞台に出たことと、カミュの『ペスト』を読んだことかな。特に『ペスト』は衝撃的だった。それまで自分中心だった考え方をぶち壊す衝撃があったな。宗教を超えて、唯一力があるのは恋愛だっていうことも描かれていて、恋愛に対する考え方もすごく変わったと思う。

二階堂　どう変わったんですか？

美保　やっぱりその時燃えたやつが勝ちだなって。前は女優としてどうかっていうことを考えちゃってたんだけどね。

二階堂　そういうことは考えたらダメなんですね。

美保　そう、考えない。この人は私の女優の仕事を邪魔するんじゃないかとか、そういうことばっかり考えてたの、若い時は。私の時代の男はどうしても自分色に女を染めたがるから。帰ったら家にいてほしいとかね。男尊女卑だし、働く女性に協力的じゃない。その世代とはかなり闘ってきたよ。上辺では働く女性を理解してるって顔なわけ、バブル親父は。

二階堂　あははは。

美保　でも実際は、女が自分より稼ぎがいいと許せないの。今の男子は違うと思うよ。だからふみちゃんは、結婚して家庭を持っても大丈夫。

二階堂　本当ですか！　私、結婚願望が強いので。

美保　それならしたほうがいいよ。私より上の世代とは結婚しないでしょう？　45歳より下がいいかな。SMAPの世代もまだ親父だと思う。できれば嵐より若いほうがいいんじゃない。

二階堂　そこが境界線なんですね（笑）。

美保　もちろん恋愛にバーッてのめり込む時期もあっていいと思うよ。

二階堂　美保さんにもありましたか？

美保　うん。でも仕事に入ったら、監督と共演者のことしか考えないよね。彼氏のことなんか考えない。たまにいるじゃない、楽屋で家族の写真を見せる人。そういう人っていい芝居しないじゃん。

二階堂　あははは。

美保　でも大人の恋はずっとわからなかったな。私、母性というものを考えたことがなかったのね。優しくなかったと思う。だから優しい相手を選ぶようになってさ。女優はそういう人じゃないとうまくいかないんだなって。

二階堂　難しいですね。

美保　難しいよ。私は若い時に裸になってたから、どこが彼氏に対する操かわからなかったわけ。みんなにエッチなところ見せてるじゃない。するとエッチなんじゃないかって期待されてさ。

二階堂　あの、前貼りってあるじゃないですか。あれをお芝居の時に付けない人がいるみたいですよね。

美保　うん、いる。映ってないのに素っ裸になる人。でもグラビアもそうだけど、ヘソから上しか撮らなかったらパンツ脱がなくていいわけよ。見えないんだもん。本当に脱いでると顔が違うと

恋の話から仕事の話まで、「え、そんなに！」というほど赤裸々なトークが炸裂しました！

男が惚れる女の仕草とは、美保さんいわく「笑顔からふと真顔になって３秒間見つめる」その表情だとか。実践します！

か言う監督がいるけど、それってただ見たいだけだから（笑）。

二階堂　そうなんですか。前貼りをしないことでお芝居が変わるってことはないんですね。

美保　じゃあ刺される芝居の時は、本物の日本刀がいいんですかってことになっちゃう。前貼りも日本刀も一緒じゃない？　前貼りの奥って、体内をひっくり返した粘膜の部分だから、そんなところを見せたら失礼だと思う。

二階堂　本当に勉強になります。私は神保町シアターで日活ロマンポルノの特集上映を観て、そこで美保さんに今の女優とは違う芯みたいなものを感じて、それ以来お会いしたいと思ってきたんです。一度109でお見かけした時も――。

美保　見かけた？　よくうろうろしてるから、私。

二階堂　その時は「あ、美保さんだ！」ってすごく興奮して、後でお母さんに「見かけたけど声掛けられなかった……」って電話したんです（笑）。私にとって美保さんが理想なのは、作り込んだ〝かわいい〟じゃなくて、もっと本質的な〝かわいい〟を感じるからなんですね。モテるためでも、媚びるためでもないかわいさがあって。

美保　かわいさっていうものがだいぶ変わってきてるよね。痛いのはAKBの子たちがやってるような髪型を大人もやってたりするところ。あれ、誰も注意しないんだね。流行ってるかわいさに乗ると痛い女になるってことを自覚しながら、もっとかわいくなってもらいたいと思うな。ふみちゃんはそういうものには惑わされないでしょう？

二階堂　はい、あんまり（笑）。

美保　『ヒミズ』（2012）を観た時、こんなに小柄なのに腹から地響きするような声を出していて、心の筋肉がある奴だなと思ったんだよね。絵になる役者ってすごく好きなんだけど、『ヒミズ』で叫ぶ後ろ姿も風景に負けてなかった。そういうのって動物的な何かがないとできないからさ。

二階堂　嬉しい！　ありがとうございます。これで4か月くらいは頑張れそうです（笑）。

美保　たまに就職できなくて女優になりましたみたいな子がいるじゃない？　お母さんが勧めたからとか。そういう人は絶対消えるからさ。男を探しに来てる人もいるでしょう？

二階堂　現場ですぐ付き合っちゃう人っているじゃないですか？何を考えてるんだろうと思って。

美保　盛り上がっちゃうんだろうね。セットロマンスっていうんだけど、だいたいその映画が公開される頃には別れちゃう。私はそうやって口説かれたら、1週間待ってって必ず言うの。するとほとんど覚めちゃうから。

二階堂　覚めなかったことってありましたか？

美保　ない（笑）。相手役を好きになっちゃうことはあるんだけど、あくまで演技上のことだったんだなって。鉄則は惚れさせたもん勝ちだってこと。監督にも惚れさせないとね。させそうでさせない女優がいい女優なわけ。

二階堂　脇が開いてそうで開いてない感じ？

美保　そのほうが危ない目に遭わないと思うよ。

二階堂　惚れさせたら勝ちなんですね。うふ（笑）。美保さんは二十歳になった時、思っていた二十歳のイメージとの違いを感じたりしましたか？

美保　私は30歳頃になったら、髪の毛を全部アップにして、綺麗な服を着て、いしだあゆみさんみたいな大人になってると思ってたの。でもちっともそうならなかった。ファンキーだったよね（笑）。50歳になっても全然落ち着かない。でも大人の女はこうあるべきだっていう風潮を、私は打ち破りたいと思ってきたんだ。だからこうなってるんだけど、結局他人は他人、自分は自分でやっていけたらいいんじゃないかな。

インタビューを終えて……　やっぱり美保さんはかわいいという言葉がすごく似合う人でした。ちょっとした仕草に女性の私でもハッとさせられるんですよね。まだまだ話を聞き足りないです。続きはあらためてお酒をご一緒しながら！（2014年11月）

美保純

 二階堂ふみ

拝啓　美保純様

「可愛くていい女」である美保純さんの言葉や仕草は、作られた可愛さなんて比べものにならない、そんな威力を持っていて、大人になりたての私が一番欲しいものです。

美保純さんの恋愛観や、闘ってきたからこそ言葉にできる、核心に迫った言葉達は、同世代の女子達よ！　聞きたまえ！　と招集をかけたくなるようなものばかりでした。今の時代に生まれたから感じる事がめっきり少なくなったような感覚や、持つ事のできない懐の大きさは見習っていきたい教訓でもあります。

ちなみに「笑顔からの真顔で三秒見つめる」男性への仕草は、未だ実行できていません。恥じらいとか照れくさいとかじゃなくて、あれは美保純さんにしかできない、魔法のような気がしています。でもやってみて突破できる、隠れたポテンシャルが私にもあるかもしれない、ある事を願い……！

実践に向けての講習会を、ぜひ、お願いします。

敬具

二階堂ふみ×ピエール瀧

二十歳について

FUMI NIKAIDO × PIERRE TAKI

ピエール瀧（ぴえーる・たき） 1967年、静岡県生まれ。89年に電気グルーヴを結成し、91年のアルバム『FLASH PAPA』でメジャーデビュー。ソロでは映画、ドラマ、バラエティなど幅広く活躍する。

瀧　もう二十歳になった？

二階堂　なりました！

瀧　おめでとう、よかったね。でもふみちゃんはもうしっかりした大人だよ。俺、二十歳の頃に連載なんて持ってなかったけどね。世の中の二十歳もだいたい迷い中でしょう。だいぶステージすっ飛ばしてるんじゃない？

二階堂　そうですかね？　ピエールさんは二十歳の頃に何をしてましたか？

瀧　18歳まで静岡にいて、専門学校へ行くという名目で上京したけど、ほとんど行かずに「人生」（電気グルーヴの前身となったニューウェーヴ・ユニット）でバンド活動をしてた。でもプロになろうとは思ってなかったから、ぷらぷら遊ぶ時期だったかな。二十歳の誕生日は何かやった？

二階堂　特に何もしてないです。成人式は出ましたか？

瀧　俺は出なかった。東京にいたし、地元にいてもつまんないと思って出てきたわけだからね。でも成人式の日は何かやらないといかんのかなと思って、当時住んでた幡ヶ谷から中野まで夜中に往復で歩いたけど（笑）。沖縄の成人式ってやっぱりテレビでやってるあんな感じなの？

二階堂　あの感じですね。近年は暴れる人が減ってきてるんですけど。

瀧　全国の人たちに面白がられちゃったからね（笑）。せっかくだから経験しといたほうがいいんじゃない？

二階堂　そうですね。実は暴れた後、自分たちで掃除してるんですよ。ピエールさんは二十歳の頃、暴れたりしませんでしたか？

瀧　俺はみんなで集まって悪口言う感じだったから。鬱屈した二十歳だったな。

二階堂　その鬱屈は今の創作やいろいろな活動に影響してると思いますか？

瀧　思う思う。考え方のねじ曲がりっぷりはその頃に植え付けられたもののような気がするな。（石野）卓球くんといまだに聴くレコードも、19歳、二十歳の頃に聴いてたものがベースだから。その頃の記憶って一生もんな気がするけどね。でも肝心の当人は気付いてない。後で振り返るとそうだなって。

二階堂　何歳頃から振り返るようになるんですか？

瀧　あらためて振り返るわけじゃないんだけど、ふと気付くんだよね。おっさんたちが「結局何も変わらないんだ」ってよく言うじゃない。本当にそうで、価値観や判断基準ってその頃から変わらない気がするな。ある時ふと、あの頃に植え付けられたものなんだなってわかるから。

二階堂　そうなんですね。音楽はいつ頃から仕事としてやっていこうと思ったんですか？

瀧　人生の頃はバイトしながら生活してたんだけど、人生をやめた後、電気グルーヴでデビューすることになって。最初は月収10万円（1989年、大卒会社員の初任給の平均は16万900円だった）。でも仕事うんぬんというより、こっちが楽しいと思ってやってたらお金をくれるっていうんで、じゃあもらっとくかと。

二階堂　食べていくという覚悟だったわけじゃないんですね。

瀧　そう、お金くれるっていうから始めて、今までもらい続けてるだけ（笑）。

二階堂　そこから25年ってすごいですね。音楽にしろ、出ている映画にしろ、いつも輝いてますけど。

瀧　顔がデカいからじゃない？

二階堂　じゃないですよ（笑）。何なんだろうなって思うんです。

瀧　役者の仕事も、現場へ行って〝楽しむごっこ〟をしたらお金くれるっていうから。ドラクエだよね。「お金をくれる人があらわれた！」って（笑）。何となくデビューして、何となく役者の仕事もして、そのまま現在に至ってる感じ。目標を立てたこともないし。

二階堂　「お金をくれる人があらわれた！」って素敵ですね（笑）。ご結婚されて、お子さんができても変わらないですか？

瀧　結婚して、子供ができて、お金くれるっていうならなおさらいいよね。

飲酒できる年齢になったものの、それほど強くないふみちゃんに「存分にやらかしたまえ！」と瀧さん。大人のアドバイス！

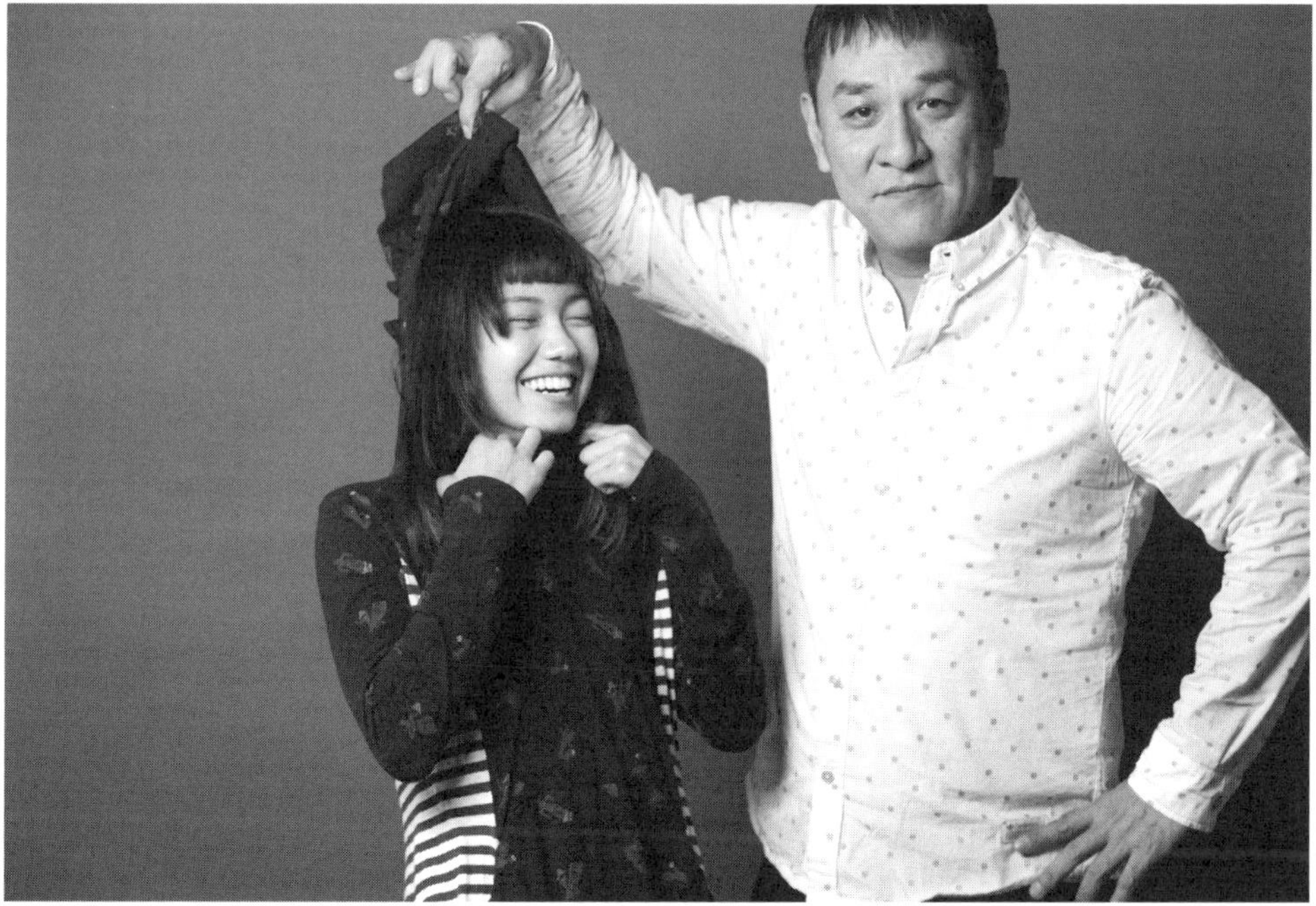
フォトシュートでは次から次へと謎のポーズが。「おい、こいつつまみ出せ！」みたいな？

二階堂　あはは！　大人になってから楽しいですか？

瀧　うん、楽しい。人によっては若い時のほうが楽しいっていうけど、大人のほうが楽しいんじゃない？　経験と財力があるから。

二階堂　悩みはあんまりないですか？

瀧　あるよ！　嘘だけど（笑）。あるほうが人間的に深みがあるように見えるけど、悩まないかな。だって悩んでもどうにもならないことが多いじゃない？　そんなに悩んでもしょうがないなって思うけど。

二階堂　それってもとからの性格なんですかね。それともだんだん器用になっていったとか。

瀧　もともとの性格はあるかもしれない。楽天家っていうのもあるし、経験もあるかな。目の前にいくつも選択肢がある時、年を取ってくると経験に培われた直感みたいなもので、上手に効率のいい道を選べるじゃない？　若い時はそういうのないからさ、崖から転がったりするんだけど、若ければそれも楽しいじゃん。イテテテみたいな。でも50歳近くなるとしんどいよね。

二階堂　創作に対するモチベーションは変わらないですか？

瀧　ものを作ってるというより、現場へ行って、現場で楽しんで、歯車として機能してる感じかな。現場が好きなんだろうね。映画でも監督によって味が違って面白いし、フェスでもバラエティでも違う感じのお祭り広場があるから、そこへ行く楽しみでやってるのがほとんど。自分個人で表現したいってことはほとんどないな。

二階堂　へえー、いい大人ですね。

瀧　何、いい大人って？　反対にさ、悪い大人ってどんなの？

二階堂　例えば体にガタが来てるとか、若いっていいねとか、この間まで子供だった私に言われてても困るんですよね。それより今楽しいよねって言ってくれる大人のほうが貴重だと思うんです。

瀧　あの頃のほうがよかったと思うことってそんなにないと思うけどね。まだ劣化段階にないからかな。40代だし。誰が素敵な大人なの？

二階堂　この連載に出ていただいた方はみんな素敵です。

瀧　ああ、妖怪系だ！　妖怪図鑑に載ってるような人たちばっかじゃない？　歪《いびつ》な大人っていうかさ。

二階堂　ピエールさんもその1ページに載ってる感じだと思いますよ。

瀧　ぬりかべとかあっち系でしょう？

二階堂　あははは！　それとも天然記念物みたいな。

瀧　オオサンショウウオ？　ふみちゃんも確実に妖怪になりますよ。そうでしょう？　確定よ、確定。

二階堂　まあいいです、楽しければ（笑）。

瀧　楽しければ歪な大人でもいいよね。そのためには主張を面白くしとかないと。正しいかどうかっていうのは時とともに変わるじゃない？　価値観もね。面白いとみんなこっち見てくれるから。面白いほうがいいよね。

二階堂　なるほどー。お話を聞いてて、あんまり好きな言葉じゃないですけど、ポジティブに生きようと思いました。

瀧　でも大前提はネガティブだからね。どうせ死ぬんだったら楽しく生きようって。どうせお皿100枚洗うんだったら、ゲーム形式でやってみるとか、全部左手でやってみるとか、そのほうが楽しいと思わない？　そもそも田舎から上京してきた、ただのインディーサブカル野郎だから、何の虫にもなれない蛹《さなぎ》なわけ。だからいろいろやって楽しんだほうがいいじゃん。

二階堂　ああ、そうですねえ。

瀧　下手に上を見て、こうなりたいとかビジョンを持つと、辿り着けなかった時のダメージって計り知れなくない？　だから目標は作んないほうがいい。「なるべく現場を楽しもう」とか、主観的なものにしておけば間違いないいんじゃない？

インタビューを終えて……　これまでいろいろ背負わなきゃいけないのかなと思ってきたけど、確かに悩んでも仕方ないことが多いですよね。悩む必要はないんだってことを今日は学びました。ピエールさんは真面目なことを面白く話してくれるカッコいい大人です！（2014年12月）

ピエール瀧
二階堂ふみ

拝啓　ピエール瀧様

力を抜いてみる事、ラフになってみる事、楽観的でいながらもプロフェッショナルなピエールさんにインタビューをして、成人成り立ての緊張が解けました。お酒も同様で「やらかしたまえ！」の一言は経験を含め、一つ、大人の価値観を覚えました。

今の自分のポジションを背負う事だけが人間としての深みを作るものでもなく、むしろ笑っていたいしなるべくガハガハしていたい、という気持ちに素直になることが健康的な創作活動に繋がるのだなと。

家族に重みを感じ腹をくくる男性も素敵だけれども、ピエールさんのような〝何でも加えてハッピー説〟を持つ男性も、とても魅力的です。

もしいつか、酔っぱらった旦那さんがゲロを吐いていたら、笑って背中をさすってあげたい。同様に酔っぱらった私がゲロを吐いていても、旦那さんには笑ってお水を持ってきてほしい。そんな事を思うようになったのも、ピエールさんという素敵な大人に出会ったからなのです。

敬具

二階堂ふみ×臼田あさ美

三十路について

FUMI NIKAIDO × ASAMI USUDA

臼田あさ美（うすだ・あさみ） 1984年、千葉県生まれ。2003年より雑誌『CanCam』の専属モデルに。同年ドラマ『ひと夏のパパへ』（TBS）で女優デビュー。05年ドラマ『世にも奇妙な物語・美女缶』（フジテレビ）、映画『夢の中へ』（園子温監督）に出演し、女優デビュー。09年音楽番組『スペチャ！』、バラエティ番組『メレンゲの気持ち』（日本テレビ）に抜擢。同年映画『色即ぜねれいしょん』（田口トモロヲ監督）のヒロイン役を熱望し、監督に直談判して役を手にする。その他、12年映画『キツツキと雨』（沖田修一監督）15年映画『さいはてにて　やさしい香りと待ちながら』（姜秀瓊監督）など、出演作多数。

二階堂　私が二十歳になってから、初めてお会いするんじゃないでしょうか？

臼田　おめでとう！

二階堂　臼田さんも先日、30歳の誕生日を迎えたんですよね。おめでとうございます！

臼田　ありがとう！

二階堂　臼田さんにとって二十歳からの10年ってどんな感じでしたか？

臼田　いろんな人と出会って、いろんな経験をしてきたけど、実はこれといって成長してないかもね。二十歳の頃にモヤモヤしてたものが、今はもうどうでもよくなっていたり、そういう変化はもちろんあるけど。興味や欲求の対象はあんまり変わらない気がする。

二階堂　女性は30歳くらいから輝かしいゾーンに突入していくと思ってるんですね、私は。臼田さんは二十歳の頃、どんな30歳をイメージしてましたか？

臼田　私は30歳まで仕事してるとは思わなかったな。結婚して、子供もいると思ってたから。そういう意味では想像してた未来と全然違う。ふみちゃんは10年後の自分って想像できる？

二階堂　全然想像できないです。とりあえず生きてたらいいなって（笑）。

臼田　そうだね（笑）。健康でいたいよね。

二階堂　考えてみると、私が10歳だった頃に、臼田さんはもう二十歳だったわけですよね。その10年できっと私の知らないたくさんのことを経験されてると思うんです。いろんなカルチャーにも触れてきただろうし。

臼田　例えば90年代にハマってた音楽は今も好きだし、その時代にふみちゃんが生まれたと思うと違う時代を生きてる気もするけど、現代は情報を得る手段がいっぱいあるから、90年代生まれの子も自分が生まれた頃の情報を何でも手に入れられるじゃない？　そういう意味では豊かだと思うし、反対に失ってるものもあるよね。

二階堂　ファッションに関して言うと、前はその時代の代表的なスタイルが生まれてたわけじゃないですか？　'60ｓとか'70ｓとか。でも２０００年代に突入して、過去をモチーフにしたものしか出てこなくなったんですよね。だから「なんじゃこれ！」っていうものが出てこなくて。

臼田　そうだね、確かに。

二階堂　90年代はまだ「なんじゃこれ！」ってものが出現してた気がするんです。今は「なんじゃこれ！」感のない、中途半端なものばかり溢れてて。

臼田　何かやってよ、ふみちゃんが（笑）。

二階堂　えー（笑）。きっと研ぎ澄まされたものを見て大人になった人と、本物じゃないものを見て大人になるのと、何かが違うんじゃないかなって思います。

臼田　今はツイッターやインスタグラムである程度フォロワーが付いたら、ちょっとした芸能人みたいになっちゃうもんね。私が視聴者としてテレビを見ていた頃は、芸能人は手の届かない存在で、私生活が見えない人だった。今はそうじゃないもんね。

二階堂　私はそんな状況に対して違和感しか感じないんです。それこそ私の二十歳のイライラは全部それなんですよ。

臼田　セルフプロデュースがうまくできる分、逆に個性を失う時代かもしれないよね。でもその中でも、面白い人はきっとずば抜けていくから。私が二十歳の時は、仕事で世に出ていく自分と、本当の自分とのギャップがストレスだった。でもあの怒りも今思うと面白かったなって。

二階堂　そういうふうに思えるようになるんですか？

臼田　うん。なんであんなにムキになってたんだろうって思う。

二階堂　この間、自分が出てるテレビ番組を見てたら、顔が真ん丸で「もうヤだ！」と思ったんですよ。肉団子みたいな顔してるって（笑）。

臼田　私も二十歳の頃は顔がパンパンで、今あの時の写真を見ると「よく出れたな」って思うけど、年を取ってくると顔には肉が付かなくなるから。それは10年長く生きた者として言える唯一のことかもしれない（笑）。

初共演は『Woman』（2013）の時。それから二人はずっと仲良し！ 楽しい！

この対談の後、『問題のあるレストラン』でも共演。「今日は仕事の感覚じゃなかったね」（臼田）。いやいや仕事ですよ！

二階堂　臼田さんみたいにあごのラインとかシュッてなりますかね？

臼田　ふみちゃんが丸いなんて思ったこと一度もないよ（笑）。

二階堂　ありがとうございます。臼田さんはやっぱり素敵な大人の女性ですね。

臼田　全然大人じゃないって！

二階堂　輝かしい30歳だと思います。

臼田　30年生きてきて、ようやくそれが反映されてにじみ出てきたのかもしれないけどね。誰でも17歳は輝いてるじゃない？　でも30歳過ぎたら、それまでの積み重ねが大事になってくるってことなのかな。それはひしひしと感じるよね。

二階堂　これからどんなふうな女性でありたいですか？

臼田　好きなものは好き、嫌いなものは嫌いでいいやと思ってて、その上で自分がどうしたいかをはっきり言える人でいたいな。振り返ってみると、あの頃はダサかったなと思うことが多くて、たぶんそれは自分を貫き通せてなかったからなんだよね。だから自分でちゃんと選択して、決断していこうって。そうしたら後悔がないんじゃないかなって気がする。

二階堂　憧れの大人って誰かいるんですか？

臼田　いろんな人の自伝が好きで読むんだけど、加賀まりこさんや山口百恵さんの自伝を読むとやっぱりかっこいいんだよね。でも私はあんなふうになれないし、読んだ後にすっかり忘れちゃうから、やっぱり自分で決断できる人に憧れるかな。年上も年下も関係なく、私がかっこいいなと思う人はみんなそれができている。ふみちゃんもそうだよね。自分の価値観で選択してるから。

二階堂　そんなことないですよ。

臼田　私が刺激を受けるポイントもそこだしね。

二階堂　そう言っていただけると嬉しいです（笑）。

臼田　二十歳の頃の私とふみちゃんが大きく違うのは、私はけっこう人見知りで、最近やっと人と接する面白さがわかってきたんだよね。その点ではふみちゃんのほうが長けてて、私がそこに追いつこうとしてる感じかもしれない。前は人の業《ごう》みたいなものに敏感で、怖かったんだよね。だから必死で踏ん張ってないと、いろんな人の意見に流されちゃいそうで。

二階堂　へえー、そうだったんですね。

臼田　ふみちゃんってオープンマインドだからすごく憧れるな。私の20代前半は暗黒時代で、自分を殺してる時間が長かったけど、あの頃からもっとオープンにしてたら違ったかもしれない。でもそうしたらふみちゃんと仲良くなれなかったかもしれないけどね。

二階堂　そうですよね。想像どおりにはいかないかもしれないことを踏まえつつ、40歳の自分はどうなってると思いますか？

臼田　結婚はしてたいかな。結婚して、子供を産んで、やっぱり自分の家族を持ってみたい。それにようやく人と会うことが楽しくなってきたから、興味のある人に対しては積極的になってみたいな。私、むっつり気質だからさ。

二階堂　むっつり気質（笑）。

臼田　これまでは興味のある人がいても、その人の本を読み込むタイプだったんだよね。何だったんだろう？　カッコつけてたのかな。あれはあれであの時の私だったんだけど。ふみちゃんはどんな大人になっていくんだろうね？　顔は変わらなそうじゃない？　だってお母さんに似てるし。

二階堂　おかんに似てるんですよ（笑）。でもおかんに似ると絶対太るんです。

臼田　大丈夫、大丈夫。でも楽しみだね。

二階堂　臼田さんみたいな30歳に私もなりたいです。

臼田　ふみちゃんが30歳の頃、私は40歳か。その時も一緒に遊ぼうね。ふみちゃん、好きよ。

二階堂　へへへ。

インタビューを終えて……　もっと年上なのに友達みたいな人もいるんですけど、臼田さんは私にとってお姉ちゃんみたいな人。またさらに好きになっちゃいました。そしてこの連載も1年。いろんな人に出会って、面白い話を聞かせていただきました。またこれからもよろしくお願いします！（２０１５年１月）

臼田あさ美

 二階堂ふみ

拝啓　臼田あさ美様

ちょうど十歳お姉さんの臼田さんは、同じ時代に生きているようで、本質的なものをリアルに感じてきた少し違う世代のような気もあって、会う度にその曖昧なジェネレーションを超えたワクワクを楽しんでいます。

ありふれた情報から生まれる怠慢な気持ちの処理が上手くできない私ですが、臼田さんへのインタビュー時、十年後の私もこういう素敵なお姉さんになれたらと、いつのまにか憧れモードに切り替わっていました。まだまだ単純な子供です（笑）！

十歳の私が想像していた二十歳の私はもっと大人でブイブイ言わしていると想像していましたが、二十代を迎え十年後を想像をしてみると、十年前よりイメージをするのが難しくなってしまいました。

でも十年後、私も臼田さんのようなお姉さんになって、十歳年下の女の子と遊びに行ったり、言葉を交わしたり、そういう事ができる女性になりたいです。

一年があっという間に過ぎる感覚を体感するようになった、ちょっと大人な二階堂をこれからもよろしくお願いします！

敬具

二階堂ふみ×笑福亭鶴瓶

結婚について

FUMI NIKAIDO × TSURUBE SHOFUKUTEI

笑福亭鶴瓶（しょうふくてい・つるべ） 1951年、大阪府生まれ。1972年に六代目笑福亭松鶴のもとに入門。現在は上方落語協会副会長。『ザ！世界仰天ニュース』（日本テレビ）、『A-Studio』（TBS）、『鶴瓶の家族に乾杯』（NHK総合）他、レギュラー番組多数。

二階堂　この連載ではいろいろな大人の先輩に、二十歳になってからどうやって生きていけばいいのか聞いてるんです。

鶴瓶　俺は二十歳で落語家になったんよ。

二階堂　そうなんですか？

鶴瓶　そうそう。大学2年で中退して、師匠のとこに入って、今に至るわけ。なんで早く入ったかと言うと、うちのやつと大学で知り合って、その後結婚するんやけど、彼女が大学卒業するまでに食えるようにしてあげたかったの。

二階堂　おー、かっこいいですね！　奥様を落語で食べさせてあげようと。

鶴瓶　最初、俺は卒業してサラリーマンになるって言うたんよ。そうしたらうちのやつが、それなら付き合わないって。夢は落語家やったのに、私がおるから違う道を進むなんてつらい言うてね、19歳の時。じゃあ落語家になって、ちゃんと食えるようになればいいんじゃないかと思ったの。

二階堂　肝っ玉据わってますね。

鶴瓶　うちのがね。男は20代の前半なんて頼りないねん。優柔不断やと思うわ。

二階堂　でも奥様が背中を押してくれて。恋愛の力ですね。

鶴瓶　当時、落語家なんて食われへんわけよ。それがテレビやラジオのオーディションにどんどん通って、1年目でレギュラー週

6本。変な話、俺は浮かれてたわけよね。東京で無茶して、出れんようになって帰ってきて。噂聞いてはるかわかりませんけど（笑）。

二階堂　そうなんですね。

鶴瓶　でも強烈に俺を好きだっていうファンなんてまだいないやんか。だからこいつはほんまにおもろいゆうのを見せないとと思って、ラジオを生で週6本、レギュラー計17本やって、そこから大学生の男の子たちに人気が出てきたんよ。

二階堂　へぇー！

鶴瓶　結局、1986年に東京へ進出するまで、大阪で13年間やったけど、その13年間が自分の全部のベースやねん。で、うちのやつは大学を卒業した後に就職して、月に1回俺の家に泊まりに来てたわけ。土曜に泊まって、日曜に実家の四国へ帰ってな。ところが8月に「また来月な」言うて別れた後、京都のプールでラジオの公開録音をしてたら、うちのやつが泳いでんねん。

二階堂　あははは！

鶴瓶　何しとんのと思ったら、帰りの飛行機の切符を見せてね、それをビーッと破いて放りよったんよ。切符捨てたからもう帰れないって。

二階堂　ドラマチックな話ですね！

鶴瓶　その後、お父さんが怒って引き取りに来はったんやけど、うちのは「家には帰らない」って。俺も「僕が絶対に幸せにするから安心してください」言うて、お父さんと約束したんよ。不安やったと思うよ、こっちアフロでな（笑）。でも男同士で言うたことやから、ちゃんとせなあかんって思う気持ちが強いよね。それで年明けてから結婚したんよ。

二階堂　素敵な結婚ですね。

鶴瓶　いや、俺が好きになったからね。大学1年の初め、うちのやつが食堂にいてたんよ。俺は大きな声で「ここに集まってくれたのは他でもない、こうやって騒いでるやつもおるし、こうやって勉強してるやつもおるし……」ってわーわー言うてたら、うちのがカレーを食べてて、「こうやってカレー食べてるやつもおる」ってうちのやつの頭をつかんだら、舌をペロッと出したんよ。それが可愛らしかったんよね。そうしたら5月頃のオリエンテーションで大教室に入ってきて。ずっとその子のこと思ってたからウワッて思うたんよ。

二階堂　きゃあーーー!!

鶴瓶　俺は落研やってたから、女の子を勧誘せなあかんわけ。ほんでその子を呼んで、俺は教卓に座って落語をしたらめっちゃ笑いよって。で、マネージャーになってもらったんよ。

二階堂　へえー！　鶴瓶さんのその話を映画化してもらいたいです（笑）。私が奥様の役をやりたい！　鶴瓶さんは結婚って何だ

新年にふさわしい鶴瓶師匠と。「ふみちゃん、これからどんどん綺麗になるよ」（鶴瓶）。「じゃあ安心して食べます」（二階堂）

鶴瓶さんには恋愛や結婚について、知られざるロマンチックな話をうかがいました！

と思いますか?

鶴瓶　うーん、向こうが傷ついてる時ってあるやんか。その時はこっちが優しくなる。こっちが傷ついてる時は向こうが優しくなる。今は責めたらあかんという時は責めたらあかんのよ。それを責めるからパーになってまうわけ。俺は一度も喧嘩したことないな。

二階堂　それは自分が優しくなるように意識してるからですか?

鶴瓶　うん、喧嘩するとお互いに気分悪くなるやん。喧嘩するほど仲がいいとか言うけど、そんなの嘘やん。

二階堂　私もそう思います。

鶴瓶　そやろ? 絶対に男が折れたらいいの。女の子は変なバロメーターがあって、体のせいと違ってね、ワケもわからんと怒ってる時があるのよ。

二階堂　はい(笑)。

鶴瓶　こっちが何も悪いことしてなくても、うちのやつは怒っとるわけ。それで結婚してだいぶたってからよ、「お前、月に1回、女の人の日と違う時になんか腹立ててるな?」って聞いたら、「そう、なんか腹立つねん」って。俺のせいじゃないのよ(笑)。でもまあ、お父さんとの約束もあるし、家で奥さんが笑うとるのが最高の家やねん。それに結婚するなら早くすること。そうすると老けない。

二階堂　老けない？

鶴瓶　思い出をずっと共有してるから、気持ちが大学時代と変わらないの。

二階堂　私も早く結婚したいと思ってるタイプなんですけど、さまざまな大人に「でも結婚なんて……」って聞いてきたから、私は思い違いをしてるのかなって。

鶴瓶　いや、結婚いうのは二階堂家ともう一方の家が合体することによって、また次の価値観みたいなもんを生むことやからね。他人はあくまで他人よ。でも一番近い、信頼を置ける他人やんか。そこでお互いに確かめ合うことが結婚やと思うな。だから結婚したほうがええよ。

二階堂　したいです。いつできるのかな（笑）？

鶴瓶　あのね、「美意の按配」ゆう台湾の人に聞いた故事があって、要はすべての出来事は全部上が決めてはることなの。

二階堂　あ、決められてるんですね。

鶴瓶　そう思うと楽でしょう？　結婚も美意の按配で決まってんねや。この間、ファンの子から手紙が来てな。前にメイクで「神」って書いて笑わしたことあんのよ。その子はそれを写メで撮って待ち受けにしてて、それ以来、すごくいいことばかり起きると。就職もうまくいったり、いろんなことが起きたって言うてな、ほらこれ。

二階堂　あはは！　その画像、私にもいただけますか？

鶴瓶　ええよ。でもこれは単なるきっかけやと。そう思える心が大事なんやと思うよ。気持ちの余裕やんか。物事はとらえ方によって全然変わる。腹立てるのと面白いのと、どっちがええか言うたら面白いほうがええのよね。

二階堂　そうですね。

鶴瓶　この間も寄席に陶器を持ってきはったおばちゃんがいて、「これ持って帰ってください」って。その後、みんなで飲んでる時、ＡＤの子がその陶器の値札を見て「うわー！」言うたんよ。「いくらだと思います⁉」って。みんな3万とか5万とか、20万って言うたやつもおったな。正解は８４０円。

二階堂　あはははは！

鶴瓶　家にあるもんをそのまま持ってきたんやろうな。それを「なんや、あのおばはん」と取るか、面白いと取るか。めっちゃおもろいやん、８４０円って。俺はたまに世渡り上手とか八方美人とか言われるけど、それもとらえ方の問題。愛されるのは武器やからね。もっと愛されたいと思うてるよ。

笑福亭鶴瓶

二階堂　もっとですか？

鶴瓶　ミッキーマウスくらいにならないとな。ミッキーマウスになりたい（笑）。

インタビューを終えて……　鶴瓶さんは根本的に硬派で、紳士な方なんだと思います。結婚のエピソードは本当に素敵でしたね。私も早く結婚したくなりました。鶴瓶さんみたいなジェントルマンが日本にも増えてほしいです！（２０１５年２月）

拝啓　笑福亭鶴瓶様

こんなに正直な、テレビという非現実的なメディアで見る姿とのギャップを感じさせない大人に出会った事はありません！

鶴瓶さん！

初めてお会いした時から見せてくださった、鶴瓶さんの「鶴瓶さん」な笑顔は、何十歳も若い女子の心を鷲掴み！　でした。ガッツリです！

こんな素敵に年を重ねていらっしゃる男性がいるのなら、世界は光に溢れている！　そんな気持ちにまでなったのです。

鶴瓶さんへのインタビューでは、ここ数年の間に変化した私の思考に、決定的な判子が押されました。

できるだけ誰も傷つけたくないし、できるだけ自分も傷つきたくない。

真っすぐな大人になりたいし、真っすぐな視野を持ち続けたい。

鶴瓶さんのような偉大な先輩の生き様を全身で感じる事ができ、大きな教訓を手にいれることができました。

敬具

［お礼の手紙］

笑福亭鶴瓶

おわりに

「二階堂ふみのインタビュアー道。」のインタビューを引き受けてくださった、ハマ・オカモトさん、エリイさん、博多大吉さん、水原希子さん、椎名林檎さん、楳図かずおさん、江口寿史さん、染谷将太さん、太賀さん、村上虹郎さん、美保純さん、ピエール瀧さん、臼田あさ美さん、笑福亭鶴瓶さん、素晴らしいお話をありがとうございました。

そんなゲストの方との思い出の写真を撮ってくださった鈴木心さん、神藤さん。

インタビュー時の高揚感をそのまま文章にまとめてくださった門間さん。

超絶お洒落なデザインに仕上げてくださった小田島さん。個性豊かな方々と繋いでくださった編集の米山さん、魂抜けかけながら原稿をギリギリまで待ってくださった鎌田さん。

本当にありがとうございました。

『アダルト　下』もお楽しみに！

二〇一五年九月

二階堂ふみ

〈本文〉
取材・構成　門間雄介
写真　鈴木心／神藤剛（P134,138,139,143）
ヘア&メイク・スタイリング　二階堂ふみ

〈カバー・カラー口絵〉
写真　鈴木心
ヘア&メイク　赤間直幸（Koa Hole inc.）
スタイリング　髙山エリ

衣装協力
白編　ショートパンツ／ジャンティーク（03-5704-8188）、パンプス／ジミー チュウ（03-5413-1150）、他スタイリスト私物
黒編　スカート（ベアトップとして着用）／ラウジー・バロック（03-3463-7809）、パンプス／ジミー チュウ（同上）

デザイン　小田島光幸（G-WORKS）

協力　ソニー・ミュージック アーティスツ